お人好し冒険者、転生少女を拾いました

大賢者の加護付き少女とのんびり幸せに暮らします

1.

マリー
シリウスの住む宿屋兼
酒場の店主
エレン
冒険者たちから人気の、
ギルドの受付嬢
シリウス
大した実力は持っていないが、
誰にでも優しい冒険者

アリア・
スカーレット
侯爵家の令嬢にして、
剣聖の加護を持つ王国最強の騎士
ククル
異世界からやってきた転生少女。
シリウスと暮らし始める

「……もしかしたら
神様が守ってくれてるのかも」
ねえ、シリウスさん……。
リリーナを、守ってあげて
ククルの瞳は、人に怯えていたのが嘘のように透き通っていた。
まるで神にすべてを見透かされているような、そんな気分になる。

平成オワリ ill. U35
Ohitoyoshi boukensha tensei shoujo wo hiroimashita
お人好し冒険者、転生少女を拾いました
Daikenja no kagotsuki shoujo to nonbiri shiawase ni kurashimasu
大賢者の加護付き少女と
のんびり幸せに暮らします
1.

Ohitoyoshi boukensha tensei shoujo wo hiroimashita

Daikenja no kagotsuki shoujo to nonbiri shiawase ni kurashimasu contents

プロローグ　ガーランドのお人好し冒険者

――強く、誇り高く、優しき心を持って弱者を助け、民の模範となれ。

それが大陸で騎士の国と謳《うた》われる、エルバルド王国の在り方であり、騎士団は精強さと清廉たる騎士道を見せ、あらゆる国家が敬意を抱くと言われていた。

そしてエルバルド王国の男は必ず一度、騎士になることを夢見て剣を握る。

もっとも、すべての人間が騎士になれるわけもなく、外れた者たちも当然いて――。

＊＊＊

エルバルド王国の西部地方に存在する城塞都市ガーランド。

魔物溢《あふ》れる大陸西部と隣接する、最強の騎士団と『騎士になれなかった』冒険者たちが集った、難攻不落の大都市だ。

冒険者ギルドは住民からの依頼を受け付けており、日常の手助けから魔物の排除まで幅広く依頼を解決していくのが冒険者の仕事だった。

そして冒険者というのは大体が激しい気性をしており、この日も騒がしく――。

「なんだディーン！　テメェ俺とやるってのか！」

「はっ！　やってやろうじゃねぇか！　でかい図体《ずうたい》で脅せばなんとかなると思ってやがるその脳みそ、かち割ってやんよ！」

騎士があるべきと言われている紳士的な態度とはほど遠い、粗暴で野太い声が広い酒場に響き渡る。

ギルドに併設されたそこでは、酔っ払いたちが喧嘩《けんか》に酒に賭けにと騒いでいた。

「オッズはこんな感じだぜぇ！　参加するなら今のうちぃ！」

「俺はグラッドに銀貨一枚！」

「じゃあ俺は大穴のディーンに賭けるぜ！　銅貨一枚だ！」

「おいこら誰が大穴だ！　しかも銅貨一枚とか……こいつが終わったらテメェをぶっ殺してやるからな！」

依頼がなければならず者、などと揶揄《やゆ》されるのが冒険者という職業でもあり、そう言われても仕方がない光景が広がっている。

騎士になれなかった腕自慢が冒険者となるのはよくあることで、試験に落ちた原因の半分は性格に難アリと判断されたからだ。

「ただいまー」

冒険者たちの下品な笑い声が辺りに響き続ける中、少し癖のある黒髪の青年が、外から扉を開いて入ってきた。

この街に住むC級冒険者で、シリウスという二十歳《はたち》の青年だ。

「相変わらずみんな元気だなぁ」

クエストを達成したので報告に帰ってきたのだが、いつも通りの野次馬の声と、今にも暴れそうな冒険者たちに苦笑する。

冒険者はだいたい自分の馴染《なじ》みの受付嬢のところに報告に行くもので、シリウスにもここ数年、自分の面倒を見てくれている受付嬢がいるのでそちらの方へ。

「あ、シリウスさん。お帰りなさい」

「ただいまエレンさん」

蒼髪《あおがみ》をサイドにくくった女性が、シリウスを見つけて嬉《うれ》しそうに笑いかけてくれる。

受付嬢は総じて美人が多いが、その中でも特に際立った美しさだ。

彼女は受付の前に立つシリウスを上から下まで見て、ホッとした表情を作る。

「怪我《けが》なく帰ってきてくれて良かったです」

「うん。今回は慣れた仕事だったからね」

性格は優しく、スタイルも良い、男の理想を詰め込んだような女性。

王国の騎士にも求婚されたことがある、とシリウスは聞いたことがあった。

――でも、断ったんだよなぁ。

彼女にはなにか拘《こだわ》りがあるらしく、独身を貫いている。

長い付き合いであるし正直気になるが、女性に結婚について聞くのは良くないと思ったシリウスは、未だにその理由を知らなかった。

「シリウスさん？」

「あ、ごめんね。これ、依頼されてたグレイボアの毛皮」

シリウスはいつものように、袋から取り出した毛皮を五枚渡す。

グレイボアはイノシシを凶暴にしたような魔物で、涼しくなると餌を求めて人里に大量発生する。

その毛皮は暖かく、冬の寒さから身を守るために需要が高い。

この時季に出来るだけ狩っておき、寒い冬に備えるのがエルバルド王国の常識だった。

「いつも通り丁寧なお仕事ですね。これならまた、追加ボーナス出ちゃいますよ」

「いいの？　なんか俺ばっかり貰《もら》ってる気がするけど……」

「冒険者の中でここまで綺麗《きれい》な状態の毛皮を持ってこられる人は、ガーランドにはいませんから」

ちらっとエレンが酒場を見ると、豪快に騒いでいる冒険者たち。

どう考えても、繊細な作業に向いていなさそうだ。

グレイボア狩りはC級の中でも報酬がいいので、シリウスもこの時季はよく受けている依頼だ。

おかげさまで収入に不安はなく貯金も出来ているが、こんな風に毎回ボーナスを貰っていては、他の冒険者たちからも不満の声が出てしまうのでは、と少し気になった。

「みんなから恨まれそうだなぁ」

「……まったく、相変わらずですねぇ」

「ん？　なにが？」

苦笑するエレンを見て、シリウスは変なことを言ったつもりはないのに、と疑問を覚える。

「この街にシリウスさんを恨む人はいないかなぁと」

「たしかに良い人ばっかだけど、それでも自分以外の冒険者が贔屓《ひいき》されたら色々と思うでしょ」

「贔屓されるなら、される理由がちゃんとあるんですよー」

エレンは少しからかうような言い方をしながら、シリウスの頬に指を当てる。

十年冒険者をしているシリウスの方が、エレンよりも業界のキャリアは長い。

しかし年齢が二つ上のため、シリウスのことを弟とでも思っているような態度を取るのだ。

幼いときに両親を亡くし、早くに冒険者になったシリウスは、ギルドの人間に対して家族に近い感情を抱いていた。

エレンのことも姉のように思っているのだが、だからといって二十歳にもなってこのような扱いは少し恥ずかしい。

それに冒険者の中でも人気が高い彼女が、こうした態度を取るのはシリウスにだけ。

ゆえに、荒くれ者の冒険者たちに見られたら嫉妬で睨《にら》まれる、と思って彼女の指から逃げ出すと、彼女は残念そうな顔をする。

「あ、もう……」

「エレンさん、そういうのはちゃんと好きな人にした方がいいよ」

そう言った瞬間、エレンの表情が若干強《こわ》ばった。

しかしシリウスが理由を問いかけるより早く、いつもの笑顔に戻ってしまう。

ただしその笑顔はどこか無機質で、なぜか恐怖を覚えてしまう。

「あの……今のは？」

「なんでもありませんよ」

「……でも」

「なんでもありません」

明らかに不自然だが、彼女はそれについて答えるつもりはないらしい。

受付嬢らしい、完璧な笑顔で追求を封鎖されてしまった。

「そんなことよりシリウスさん。良ければこの後一緒にご飯でも——」

「よぉシリウス聞こえたぜ！　テメェまたボーナス出たみたいだな！」

エレンの言葉を遮るように、大きな声がギルドに響き渡る。

声の方を見れば、丸坊主の巨漢がニヤニヤと嗤《わら》いながらシリウスに近寄ってきた。

先ほど酒場の方で暴れていた片割れ、グラッドと呼ばれていた男だ。

見れば喧嘩相手であるディーンは完全に伸びていて、彼に負けたらしい。

――まあ、グラッドはA級冒険者だしなぁ。

騎士ならともかく、この街で彼に勝てる冒険者をシリウスは一人しか知らない。

もちろん、十年冒険者をやってC級止まりの自分では一生勝てる相手ではないから、喧嘩をしようなんて思うはずがなかった。

「へっへっへ。相変わらずテメェは景気が良さそうじゃねぇか」

グラッドは嫌らしい目つきでシリウスの前に立つと、いきなりヘッドロックを仕掛け――。

「やっぱテメェは凄《すげ》ぇなぁ！」

「うわっ!?」

そのまま頭をわしわしと、乱暴に撫《な》でてきた。

「グレイボアって狩るのは難しくねぇけど皮が厚くてナイフも通りにくいだろ！　どうやったらこんなに綺麗に剝ぎ取れんだよ!?」

「ちょ！　微妙に痛いんだけど!?」

声は明るく、シリウスのやったことを我が事のように喜ぶグラッド。

それ自体は嬉しいが、このままだと呼吸が出来ないので、太い腕を何度も叩《たた》いてギブアップを伝える。

「おっと。悪ぃ悪ぃ」

意図に気付いて解放してくれたが、中々酷《ひど》い目に遭ったとジト目でグラッドを見る。

「ああ、苦しかった……」

「悪かったって！　だがもっと鍛えねぇと、いつか死んじまうぜ」

まるで悪いと思っていない、親しみのある笑顔。

この程度でシリウスが怒らないことを、グラッドはよく知っていたからこその態度である。

「シリウスさんは、たまには怒ったら良いと思いますよ」

換金の間は手持ち無沙汰なエレンが、少し拗《す》ねたように言う。

その言葉に対してシリウスは苦笑で返した。

「いやぁ……怒るのってなんか苦手でさ」

「ま、まあ……そんなシリウスさんが私は――」

「そんな態度だから、お人好し冒険者なんて呼ばれるんじゃねぇか！」

「いたっ――!?」

なにかを言おうとしたエレンの言葉を遮って、グラッドが背中を叩きながら笑う。

――お人好し冒険者。

それはこの城塞都市ガーランドにおける、シリウスの呼び名だ。

素行の問題で騎士になれなかった冒険者たちは、粗暴で自己中心な者がほとんど。

そんな冒険者たちの中で、他者を気遣う性格のシリウスは珍しかった。

上辺だけでなく行動出来るシリウスを、グラッドを含めて多くの冒険者たちは信頼するようになっていた。

人に親切にする、というのは簡単ではない。

「その普通に感謝してる奴《やつ》らが多いってことだ！」

「普通にしてるだけなんだけど……」

「あ、そういえばグラッド、また子どもが生まれたんだってね。四人目だっけ？」

「今度は双子だから五人だな！」

「そうなんだ！　おめでとう！」

「へへ……これも全部、お前のおかげだぜ！」

その言葉にシリウスは首を横に振る。

たしかに、グラッドの奥さんが産気づいたとき、たまたま近くにいたのはシリウスだった。

慌てて彼女を近くに治癒院まで連れていき、一人目の子どもが生まれるまで応援し続けたのも良い思い出だ。

しかし、それが自分のおかげだと思うのは違うだろう。

「あのとき頑張ったのは、グラッドの奥さんだよ」

「……相変わらず、お前はそう言うよなぁ」

もしシリウスがいなかったら最愛の女性を失い、今の子どもたちもみんな生まれていなかったかもしれない。

グラッドは、今の幸せがあるのはシリウスのおかげだと本気で思っていた。

だからこそ、シリウスには幸せになって欲しいと思い、兄貴分のような立ち位置で見守っているのである。

「あ、そうだ。せっかくだからお祝いさせてよ。ちょうどボーナスも入る……し？」

シリウスがお金を受け取ろうと受付の方を見ると、エレンがこちらを睨んでいた。

いったい……？　と思っていると換金が終わり、エレンが報酬の入った袋をドンッと置く。

「え、エレンさん……？」

「どうぞ、こちらでぜひとも楽しんできてくださいね。私は参加出来ませんけど！　私は、参加、出来ないですけどね！」

エレンはにっこりと、しかし声には力が入り、威嚇の意味が込められた笑みを浮かべている。

なにか自分がしたのだろうか？　と思って理由を聞こうとすると、肩を摑《つか》まれた。

「おいシリウス。ありゃ駄目だ。うちのかみさんと同じ目をしてやがる。冒険者は命あっての物種……これ以上突っ込んじゃいけねぇ」

まるで命がけでドラゴンの巣に向かう冒険者を止めるような、緊迫した様子のグラッド。

大先輩であり、自分より実力も遥《はる》かに上である彼の言葉に、シリウスは素直に従うことにする。

「行くぞ」

「うん……」

そうして二人は受付を離れ、併設された酒場の方へと向かう。

「おぉいテメェらぁ！　またシリウスがボーナス貰ってやがったぞぉ！」

「ちょ――」

「あぁん!?」

まるでその場の冒険者たちを挑発するように、グラッドが叫ぶ。

その瞬間、彼らはハイエナのように瞳を鋭くさせてシリウスを見つめた。

そしてゾロゾロと近寄ってくる。

「なんだってテメェばっかりおめでとう！」

「今回はなんだグレイボアか！　お前のおかげで冬も暖かいじゃねぇか助かるぜ！」

「うちの婆《ばあ》ちゃんが困ってたときにまぁた助けてくれたらしいな！　お礼にエールを奢《おご》ってやるよ！」

すでにお酒が入っているのか、厳《いか》つい冒険者たちが酒を片手にシリウスを迎え入れる。

言葉の荒さとは裏腹に、その場の全員が彼を歓迎しているのはよくわかった。

「あはは……相変わらずだなぁ。でもみんな、ありがとう！」

シリウスがお礼を言うと、その場の冒険者たちが一斉に杯を掲げて、まるで今から宴会が始まるかのように乾杯し始める。

そこからはいつも通り。

騎士団に入れなかった馬鹿野郎どもによる、酒をあおりながら楽しそうに叫ぶ夜が更けていく。

その中心にいるのは、十年かけてＣ級冒険者にしかなれていない、ごくごく普通の青年——シリウス。

彼は城塞都市ガーランドで彼は『お人好し冒険者』と呼ばれ、多くの人々に愛されていた。

第一章　ヤムカカンの森の少女

森の中。

城塞都市ガーランドでお人好し冒険者と呼ばれているシリウスだが、どれだけ彼が街の人々に愛されようと、魔物まで仲良くしてくれるわけがなく――。

「ふっ！」

今まさにシリウスは狼《おおかみ》のような魔物――ヤンクルに襲われていた。

C級冒険者とはいえ、この程度の魔物であれば問題なく狩れる実力はあるので、その姿は危なげはない。

ヤンクルを剣で切り裂き、次に備えて構える。

「ふぅ、ふぅ……よし」

倒れて起き上がらないことを確認してから息を整え、くすんだ灰色の毛皮を剝ぎ取りその場を離れた。

魔物の肉を食べることは禁じられているため、死骸は置いていく。

そのうち自然に還《かえ》るか、他の動物たちの食料となるだろう。

「とりあえずこれで依頼は完了、かな」

依頼主はガーランドより西に一日ほど歩いた先にある小さな村で、隣接するヤムカカンの森の魔物を間引きして欲しい、というものだった。

これから冬にかけて魔物たちも食料を集めようと、森から出て村の近くまでやってくるため、先に減らしておく必要があるのだ。

正式に冬が来れば騎士が駐在し村を守るため安全なのだが、それまで彼らを守るのは冒険者たちの役目だった。

「さて、それじゃあ帰ろう——」

——誰か、助けてぇ!?

そう思った瞬間、森の奥から悲鳴が聞こえた。

「今の、子どもの声!?」

なんでこんなところに!?

ヤムカカンの森に限らず、魔物の生息地域は基本その中心部に近づけば近づくほど、強い魔物が現れる。

奥に棲《す》む魔物は周辺の動物を喰《く》らうか、弱い魔物を狩るため人里まで出てくることもないので、無理に倒す必要はない。

Ｃ級冒険者であるシリウスが受けた依頼は、森の入り口付近にいる魔物を狩ることだった。

逆に言えば、奥にいる魔物の相手は、シリウスに出来るものではないということで——。

「だからって、無視は出来ないだろ！」

森の木々を掻《か》い潜《くぐ》り、急いで声がした方へと向かう。

彼の剣幕に魔物や動物たちが逃げだし、さらに奥へ。

「いた！」

先ほどのヤンクルよりも一回り大きな図体《ずうたい》をし、銀色の体毛を持つ狼が三匹。

フェルヤンクルと呼ばれる、上位個体だ。

そんな魔物たちに視線を向けられているのは、まだ幼い少女。

フードを被《かぶ》っているせいで顔は見えないが、怯《おび》えていることだけはわかった。

なぜこんな森の奥に、などと思う暇はない。

「これでも喰らえ！」

シリウスは足下にあった拳大の石を拾い、全力でフェルヤンクルに向けて投げつけた。

運良く石は当たるが、ダメージが入った様子はない。

フェルヤンクルの体毛は鋼よりも硬く剣は通らないため、倒すには魔術を使うかグラッドのように大斧《おおおの》で粉砕するしかないのだ。

もっとも、最初からダメージを与えるつもりではなく、注意を引くことが目的だった。

「こっちだ！」

　シリウスの技量で倒せない以上、あの少女が逃げる時間を稼ぐしかないと思ったのだが——。

「な、なんで!?」

　だがフェルヤンクルたちはシリウスに興味を示さず、少女を睨《にら》みつけていた。

　このままでは少女が喰い殺されてしまうと思い、慌ててそちらに向かう。

　ほぼ同時に、フェルヤンクルのうち一匹が少女に向かって飛び出した。

「くぅ——！」

　間一髪、鋭い牙が少女を嚙《か》み殺す前に、剣で防ぐ。

　重く、さらに見れば凶悪な爪が迫ろうとしていた。

「こ、のぉ！」

　片足をフェルヤンクルの喉に乗せ、全体重をかけて蹴り飛ばす。

　なんとか距離を取ることが出来たが、当然ながら相手へのダメージはゼロ。

　元々無傷の二匹と合わせて、絶体絶命だった。

「俺が時間を稼ぐから、君はあっちへまっすぐ走って！」

　少女を背に、シリウスが叫ぶ。

　フェルヤンクルは凶悪な魔物だ。

　もはや時間稼ぎ以外は出来ないだろうが、仕方がなかった。

「か、身体《からだ》が……」

「っ――」

少女の声は震えていて、恐怖に固まっている。

それを責めるわけにはいかなかった。

十年間冒険者をしてきたシリウスですら、目の前にある死の恐怖には抗《あらが》えないのだ。

こんな、まだ五歳かそこらの少女が怯えて動けなくなるのも仕方がないことだろう。

抱えて逃げるにしても、森は魔物の領分。

すぐに追いかけられて殺されてしまうのは目に見えていた。

「……なら、俺が守るしかない！」

シリウスは飛びかかってきたフェルヤンクルの目を剣で狙う。

唯一の弱点であるそれを突かれた魔物は悲痛の叫びを上げ、暴れるように爪が振り下ろされた。

「いっ――!?」

肩に突き刺さり激痛が走るが、それを気にしている暇はない。

急いで剣を引き抜き、まだ生きているフェルヤンクルの目をもう一度貫いた。

「これで、一匹！」

絶命したそれを、見ている暇はない。

なぜなら今倒したそれよりも、こちらを見ている二匹は一回り大きかったからだ。

おそらく先ほど倒したフェルヤンクルは幼体だったのだろうと、そんな予想とともに顔を引き攣《つ》らせる。

――これは、無理だ……。

同時に飛びかかってくる二匹。

シリウスは先と同じように目を狙うが、顔を少しずらされて防がれてしまう。

「ぅ――！」

人の二倍ほどの大きさのフェルヤンクルが体重をかければ耐えられるはずもなく、一気に押し潰されそうになる。

なんとか少女を抱きしめながら身体を捻《ひね》って躱《かわ》すが、すれ違いざまに当たった身体に吹き飛ばされた。

「くっ――!?」

すぐに立ち上がると、フェルヤンクルたちは楽しそうに嗤《わら》うだけでそれ以上襲いかかってはこなかった。

絶対的優位者として、狩りを楽しんでいるのだ。

本来なら馬鹿にされているのだと、怒りを抱くだろう。

だがシリウスは、それを唯一のチャンスだと希望を持つ。

「ごめんね」

「……え？」

突然の謝罪に、少女が戸惑った声を上げる。

それに答えるより早く、剣を投げ捨て少女を持ち上げて駆け出した。

「あ、あの!?」

「ごめん、今はなにかを聞いてる暇はないんだ！」

この場に留《とど》まり、フェルヤンクルを倒すか。

それとも、逃げ切れないとわかっていながらも、全力で逃げるか。

どちらにしても結果は同じで、長く生きられる方はどちらか、という選択肢でしかない。

ほんのわずかな希望を持って逃げ出したシリウスだが……。

「くっそ……」

すぐに追いつかれて回り込まれる。

この魔物たちなら、背後から鋭い爪で刺すことも、牙で喉を喰らうことも出来たはず。

それをしないのは、ただただ獲物を嬲《なぶ》っているだけなのだ。

「……立てるかい？」

「え？　あの……」

シリウスは少女を降ろすと、視線を合わせてまっすぐその瞳を見つめる。

「大丈夫」

「え？」

「俺が守るから」

もちろんそんなのは、ただの強がりだ。

元々の実力だって足りていないし、剣も失ったシリウスに、フェルヤンクルを倒す手段はなにもない。

それでも少女を安心させるように笑い、腰のナイフを取り出して立ち上がった。

「今から俺が、あいつらに向かって飛びかかる。君はその間に反対方向へ全力で走るんだ」

「そんな……そしたら貴方《あなた》が――」

少女を背で庇《かば》うようにして、シリウスは騎士のごとく覚悟の言葉を紡ぐ。

――強く、誇り高く、優しき心を持って弱者を助け、民の模範となれ。

「え？」

「この国の騎士たちの在り方だよ。残念ながら俺は、実力不足で試験に落ちたんだけどね」

そうして一歩、前に出た。

「まあでも、最後は冒険者らしく粗暴に行こうかな」

フェルヤンクルたちを睨みながら、大きく息を吸う。

そして――。

「かかってこいやぁ！」

これまで発したことのないほどの怒号。

シリウスはナイフを振り上げながら、鋼の剣すら通じない魔物に向かって飛びかかった。

＊＊＊

普通ならば、ここでどこにでもいる普通の冒険者であるシリウスは、死んで終わるだろう。

だがもしこの世界に正しき心を是とする神がいるのであれば、彼ほどの善人をただ見殺しにするなどあり得ない。

「だめ……」

フェルヤンクルの牙がシリウスの腹を割く。

致命傷ではなかったのか、彼はその腕ごと瞳に突き刺した。

魔物の悲鳴、同時にシリウスから零《こぼ》れる苦悶《くもん》の涙。

止まらず、少女の方へと飛びかかろうとするもう一匹の足にしがみつく。

「だめ……」

鬱陶しい、と振り払われた。

倒れるシリウスを、フェルヤンクルが醜悪な笑みを浮かべて見下ろす。

すでに両肩は貫かれ、脇腹もえぐられた満身創痍《そうい》。

このまま治療をせずに放置していたら死んでしまうような大怪我《おおけが》をしてなお、彼は再び立ち上がりフェルヤンクルの足に食らいつく。

「うおおおおおお！」

泥臭く、とても騎士の国の人間とは言えない姿。

だがそれでも、少女を守ろうと命を燃やす姿は人の心を震わせた。

そして、魔物の腕がシリウスを潰そうとした、その瞬間――。

「だめぇぇぇぇぇぇ！」

極光が解き放たれる。

まるで、天の裁きのように彼女から放たれた金色の光は、フェルヤンクルを纏《まと》めて呑《の》み込み、そのまま森の奥まで貫いた。

「……」

「わ、わたし……その、た、たすけ――！」

五歳くらいの銀髪の少女が、涙で目を腫らしながら必死に声をかけてくる。

きっと十年もしたら、国一番の美女と呼ばれるようになるだろう。

それが、半分意識が飛んだ状態のシリウスの最後に見た光景。

すでに視界が失われ、ただただ温かい気持ちになっていく。

どこか現実的ではなく、あまりにも神秘的なので、もしかしたらこれは死の間際に天使が与えて

くれた幻想なのかもしれないと、本気でそう思いながら意識を失うのであった。

＊＊＊

シリウスが目を覚ますと、木造の天井が見えた。

炭がパチパチと燃える音と、それに合わせた自然の匂いが鼻腔《びこう》をくすぐる。

火の光が辺りを照らしているため夜だということはわかるが、自分の現状についてはなにもわからない。

「……ここ、は？　――っ!?」

朦朧《もうろう》とする意識の中、身体を起こそうとすると凄《すさ》まじい激痛が走る。

その痛みで自分の身に起きた出来事を思い出し、同時に助かったのだと理解した。

「あ……」

「ん？」

パチパチと小さく弾《はじ》ける炭の音に紛れ、少女の声が聞こえてくる。

そちらを見ると、後頭部で纏めたふわふわの銀髪に、くりっとした宝石のような青い瞳をした女の子が、不安げにこちらを見ていた。

先ほどフェルヤンクルに襲われていた少女だ。

手に濡《ぬ》れた布を持っていて、思ったよりもすぐ近くにいて少し驚いた。

「あ、あの……」

「君は……無事だったんだね。良かった……」

怪我をした様子もない少女を見て、シリウスはホッとする。

口を開くだけでも激痛が走るが、その痛みも生きている証拠だと思えば悪くはない。

力を抜いて軽く目を閉じる。

するとすぐに意識がまた遠のいていき、シリウスはそのまま寝入ってしまった。


「……寝ちゃった？」

そんなシリウスに、少女が恐る恐ると近づいていく。

額から汗を流していたので、手に持った濡れ布で拭いてみた。

寝ていても痛みはあるのか、顔をしかめていて苦しそうだ。

「……」

少女は村人に聞くまで、シリウスの名前を知らなかった。

会ったこともないし、誰かの知り合いというわけですらない。

本当に赤の他人なのだ。

だからこそ、なぜ彼が必死に自分を助けようとしてくれたのか、その理由がまるでわからなかった。

「死んじゃうところだったのに……」

濡れた布で顔を拭くと、彼が『大人』の男だということははっきりとわかる。

少なくとも少女にとって『大人』というのは、自分に辛《つら》く当たるものであり、恐怖の対象だった。

魔物に襲われたときですら、助けに入ってくれたシリウスの方が怖かったくらいである。

だが、あのときの全力で守ろうとする意志、背中の安心感、抱きしめてくれた温かさ。

それらは少女の知らないもので、同時にずっと欲していたモノだった。

「痛いよね……」

少女は血で濡れた布を置くと、ゆっくり手をかざす。

すると、柔らかく白い光が寝ているシリウスを包み込んだ。

寝苦しそうな顔は徐々に落ち着きを見せ、気持ちの良さそうな寝息が零れ始めた。

「これでもう大丈夫、かな？」

先ほどシリウスは気付かなかったが、彼の身体はほとんどの傷が癒えている。

痛みはまだ残るだろうが、内臓をえぐられ、肩を貫かれた姿と比べれば雲泥の差だ。

とはいえ、専門的な知識を持っているわけでない少女は、自分のしたことが正しいのか不安もあった。

「きっと大丈夫……だってこれは『神様』がくれた力だもん」

そして少女は立ち上がり、布を持って部屋から出て行く。

汗をかいたシリウスの身体を拭くために、再び水場へと向かっていった。

＊＊＊

窓から差し込む太陽の光が目に入り、シリウスは再び目を覚ます。

「えっと、俺は……」

身体を起こして周囲を見渡す。

木造の床の中央に囲炉裏《いろり》があり、天井は雪が積もらないように三角屋根。

エルバルド王国の村でよく見られる様式の家だ。

「あれ？」

ふと、シリウスは自らの身体の異変に気付く。

昨夜、一瞬目を覚ましたときはあれほど感じた激痛が、今はまるでなかった。

服をめくると包帯が巻かれ、誰かが手当てをしてくれたらしい。

だが記憶が確かなら生死をさまようほどの深手だったはずで、そう簡単に痛みがなくなるとは思えなかった。

「いったい誰が……？」

「あ……」

「ん？」

幼い声が聞こえ、そちらを見ると、入り口に驚いた顔の少女が立っていた。

小さな手で持ったお盆の上にはお椀《わん》が置かれており、バランスを保つようにぷるぷると揺れている。

――あの子が自分の看病をしてくれていたのかな？

そう思ったとき、フェルヤンクルに襲われた記憶が蘇《よみがえ》った。

「そうだ！　君は、あのときの!?」

「っ――!?」

突然の大声で驚いたのだろう。

少女はシリウスの前にお盆を置くと、慌てた様子で逃げ出してしまう。

「え……？」

一人残されたシリウスは、ただ呆然《ぼうぜん》と入り口を見つめることしか出来なかった。

そんな少女と入れ違いになるように、一人の老婆が入ってくる。

「なんだいアンタ。まるで精霊にでも出会ったような顔だねぇ」

「あの、貴方は？」

「ワカ村で薬師をしておる、スーリアだよ」

かなり高齢らしく、顔にはしわが広がり、髪の毛は完全に色が抜けている。

それでいて力強い瞳は、並の冒険者では逃げ出してしまうような迫力があった。

「シリウスです」

「村長が森の魔物の間引きのために呼んでる冒険者だろう？　たまに顔は見てたから覚えてるさ」

たしかにシリウスは、同じような依頼で何度かワカ村へと来たことがあった。

全員と顔見知りというわけではないのでスーリアのことは知らなかったが、彼女はこちらを知っていたらしい。

スーリアは渋い顔をしながらシリウスの傍《そば》へ座り込むと、手に持っていた薬草を煎じ始める。

「ほれ、服をお脱ぎ」

「あ、はい」

言う通り上半身の服を脱ぐと、スーリアは薬草を煎じた手を止めないまま上から下までじっと見てくる。

薬師、というからには彼女が手当てをしてくれたのだろう。

あれほどの大怪我を治せる薬師など聞いたことはないが、よほど腕が良いのか、それともとんでもない秘薬を使って貰《もら》ったか……。

どちらにしても彼女は命の恩人だ、とシリウスは頭を下げる。

「貴方がいなければ俺はきっと死んでいました。助けて頂きありがとうございます」

「……はぁ。顔を上げ」

スーリアは大きくため息を吐《つ》いてそう言う。

その態度を不思議に思ったシリウスが顔を上げると、彼女は少し呆《あき》れた様子だった。

「なにか勘違いしてるだが、アタシはなにもしちゃいないよ」

「え？」

「アンタがここに運ばれてきたときにはもう、大方の傷は癒えていたからね」

「いや……そんなはずは」

意識が朦朧としていたとはいえ、シリウスは森での出来事の一部始終を覚えている。

鋭い爪で肩を貫かれ、脇腹も噛み千切られた。

生きているのが不思議なほどの重傷だったし、仮に治っても冒険者は引退しなければならないと思ったくらいだ。

「……俺がここに運ばれてから、どれくらい経《た》ちました？」

「二日さ」

「……あり得ない」

もしかしたら何ヶ月も寝たきりだったのかと思ったが、それも違うらしい。

だとすればもう、奇跡と呼ばれるなにかが起きたとしか思えなかった。

「ま、信じられない気持ちはわかるけどね」

スーリアは煎じた薬草を手渡してくるので、それを飲む。

――苦い。

だが良薬は口に苦しという言葉もあるので、きっと効果は高いだろうと思い込んだ。

「まあでも、こっちは血まみれの子どもが大人を背負いながら森から出てきたんだ。あれを見た後だとねぇ」

「……つまり、あの子が俺を助けてくれた、と？」

「あんまりにも異常な光景だったから、新手の魔物でも現れたんじゃないかって村の連中も騒いだもんさ」

あの少女は、おそらく五歳前後。

そんな子どもが鍛えた成人男性を背負って森から出てきたなど、たしかに魔物と間違われても仕方がないと思った。

「アンタの足は引きずられてボロボロだったけど、それは許してやんな」

「今は傷一つないから、許すもなにもないですよ」

とりあえず、九死に一生を得たのは間違いない。

ならばシリウスがするべきことは謎の力を追求することではなく、助けてくれた少女にお礼を言うことだろう。

「アンタ、中々いい男じゃないか」

「それで、あの子は――」

ふと、入り口の方から視線を感じた。

そちらを見ると、天使を彷彿《ほうふつ》させるような愛らしい少女が身体を隠してこちらを見ている。

あの子だ、と思ったがシリウスは声を出さなかった。

どう見てもこちらを警戒しているし、怯えさせたいわけではなかったからだ。

代わりに、出来る限り優しく笑ってみる。

「っ――！」

少女が顔を隠してしまった。

強面《こわもて》が多い冒険者たちの中では比較的柔らかい顔立ちをしていると思っていたが、怖かったのかもしれない。

ちょっとだけ、ショックだった。

「ククル！　ククル！　そんなところに隠れてないで出ておいで！」

スーリアが声を上げると、ククルと呼ばれた少女が再び顔を出す。

どうやら逃げ出してはいなかったらしい。

もっとも、相変わらず警戒を解く気はない様子で、まるで小動物のように縮こまっている。

「服……」

「え？」

「服、着てくれたらそっち行きます……」

シリウスは今、包帯を巻いているとはいえ上半身が裸の状態。

相手が子どもだから気にしていなかったのだが、本人が気にするならとシリウスは服を手に取り身に纏う。

「まったく、なにを年頃の女みたいなことを言って」

「うぅ……女だもん」

「見りゃわかるよ」

ククルはスーリアの言葉に少し拗《す》ねた様子を見せるが、シリウスが服を着たことを確認すると近寄ってきた。

手が微妙に届かない位置までやってくると、ちょこんとその場に座る。

その動きが警戒する小動物のようで、シリウスはつい笑ってしまった。

「あの――」

「ありがとう」

ククルがなにかを言おうとしたタイミングで、被せるようにお礼を言ってしまう。

とはいえ、まず言うべきは自分の方だとシリウスは思っていたので、とりあえず言葉を続けた。

「な、なんで……？」

「君が助けてくれたんだろう？」

あれほどの大怪我がたった二日で治ったことは疑問だが、それはそれ。

シリウスはスーリアにしたように、しっかり頭を下げる。

「た、助けてくれたのは貴方の方だよ！」

少女が悲鳴にも似た声を上げる。

まるで、このままシリウスに謝らせることそのものが『悪いこと』だと思っているような、そんな声。

思わず顔を上げると、ククルは涙を流して顔をくしゃくしゃにしていた。

「あのとき貴方が来なかったら私、死んじゃってたもん！」

「いや、あれはたまたま……」

「怖くて、もう駄目だと思った……！　せっかく生まれ変わったのに、もう終わっちゃうんだって諦めた！」

シリウスには、ククルの言葉の意味がわからなかった。

要領を得ず、感情のままに叫ぶ子どもの癇癪《かんしゃく》のようだ。

だがそこに込められた想《おも》いはしっかりと伝わってきた。

「あのとき貴方が大丈夫って、守るからって、そう言って戦ってくれたから……私は！」

そしてそのまま、言葉にならず泣いてしまう。

大きな声で泣く姿はまさに子どもで、シリウスもスーリアも、彼女が落ち着くまでなにも言わずに待っていた。

しばらくして感情も落ち着いたのか、ククルは泣き止んで恥ずかしそうに顔を俯《うつむ》かせる。

「……あの」

「うん」

焦らせず、ただゆっくりと話を聞くよという風に頷《うなず》く。

その意図はしっかり伝わったのか、ククルは一度大きく深呼吸をして自らを落ち着かせ――。

「あのときは、助けてくれてありがとうございました」

小さな頭を、しっかりと下げるのであった。

第二章　ワカ村の日々

どういう理屈か、半死半生ともいえるシリウスの怪我《けが》は完治していた。

とはいえ、失われた血や体力は簡単には元に戻らないようで、しばらくワカ村で療養させて貰《もら》うことになる。

滞在してから三日。

だいぶ良くなってきたので、鈍った身体《からだ》を動かすために散歩をしていると、トテトテと村を歩いているククルを発見した。

「おーい、ククルー」

「っ――!?」

一瞬ビクッと怯《おび》えたように身体を反応させるが、相手がシリウスだとわかりホッとした顔をする。

この数日でだいぶ慣れてくれたようで、実は少し嬉《うれ》しかった。

「シリウスさん、歩いて大丈夫なの？」

「うん。怪我自体はもうないから、あとは体力を付けないと」

「そっか。でも良くなってきてるんだね」

「おかげさまでね」

天使のような微笑《ほほえ》み、というのはまさに彼女の笑顔を言うのではないだろうか？

そう思わずにはいられないほど、ククルは愛らしい容姿をしていた。

――もし彼女がガーランドを一人で歩いていたら、毎日誘拐されそうだな。

騎士が多いし領主も善政を敷いているとはいえ、決して治安の良い街とは言えないため、本当にそうなりかねない。

もっとも、シリウスの思い込みかもしれないが。

「つとしまった。近づきすぎたかな？」

「……だ、大丈夫」

この数日、彼女とコミュニケーションを取るようになり、いくつかわかったことがある。

まず彼女は極度の人見知りだ。それも男に対しては顕著な様子。

未だにワカ村の男が近寄ると身体を硬直させるか、全力で逃げ出してしまう。

女性に対してはマシ、といったところでやはり怖いことは怖いようだ。

そんな彼女なので、まともに話ができるのは今のところスーリアと、その孫で比較的年齢の近いリリーナという少女、そして――。

「シリウスさんは、大丈夫……」

「そっか」

森で助けたことがあってか、シリウスとは普通に会話をすることができた。

特別な優越感を得る、というわけではないが、こうして話しても大丈夫だと思って貰えるのは、悪い気がしない。

「あ、そうだ。もし良かったら散歩に付き合ってくれないかな？」

「……うん。いいよ」

そうして一緒に歩きながら雑談に興じる。

話してみると、ククルは五歳とは思えないほど聡明《そうめい》な少女だった。

知識もあり、たまにシリウスは同年代に近い感覚をククルに抱くときがある。

同時に、普通なら知っているであろう名前を知らないなど、色々と知識に偏りのある少女だなとも思う。

——この子はいったい、どこから来たんだろう？

なぜ森にいたのかは不明。

本人に尋ねてみても言葉を濁すだけなので、あえてそこは追求していない。

出身地、不明。

ワカ村の少女ではなく、かといってこの周辺に五歳の子どもが辿《たど》り着ける村もない。

——スーリアさんは、森に捨てられた貴族の子じゃないか？　って言ってたけど……。

たしかに身なりはともかく、ククルの顔や肌の綺麗《きれい》さは普通の平民とは違う気がした。

言葉遣いも五歳とは思えないほど洗練されており、育ちの良さも垣間見《かいまみ》える。

貴族の娘として育てられたが、家庭内でなにかがあってヤムカカンの森に捨てられた、というのが一番合っているような気がするが――。

――それなら、人が怖いのも納得だし……。

「ククルはもう村に慣れた？」

「……まだ、ちょっと」

「そっか」

シリウスが見た笑顔は天使のようだが、残念ながらその顔を見られる日はあまりない。

どうしたものか、とシリウスが悩んでいると、こちらに走り込んでくる黒髪の少女が見えた。

「クックルー！」

「うわぁ!?」

少女はそのままの勢いでククルに飛びつくと、見事な動きでくるりと回って押し倒さないように着地する。

「り、リリーナ！　びっくりするからそれ止めてよ！」

「えー！　いいじゃんいいじゃん！　あーこのまんまるぷにぷにほっぺ可愛《かわい》いなー！」

「き、聞いて……」

「やわらかーい！」

怒濤《どとう》の勢いで自らを可愛がってくる少女の登場に、ククルは完全に押されていく。

「し、シリウスさん。たた、助けてー」

涙目で助けを求められては、助けないわけにはいかないだろう。

シリウスはリリーナと呼ばれた少女の両脇を持つと、そのまま持ち上げてククルから引き離す。

「ほらリリーナ。ククルが困ってるからその辺にしておこうか」

「シリウスさん、今は大事なスキンシップの時間だよ？」

「そういうのは、本人の同意の下でもっと優しくね」

地面に着地させると、リリーナはやや不満顔。

シリウスがそれに苦笑していると、ククルがささささー、と背中に隠れてしまう。

「いいなー。シリウスさんはククルに懐いて貰ってさー」

「ククルがびっくりしないやり方で接してあげたらいいんじゃないかな」

「だってこっちの方が、可愛い反応してくれるんだもん！」

ニカッと、リリーナはまるで悪気のない笑顔を見せる。

彼女はこの村に住むスーリアの孫娘だ。

ただし、その見た目はこの村の誰にも似ておらず、普通の人には付いていない猫の耳。

それは猫耳族の特徴である。

本来、亜人のほとんどは南にある亜人国家で生活をしているのだが、リリーナは人間の両親から生まれた先祖返りと呼ばれる存在だった。

普通の人とは見た目が異なるが、この村の人たちやスーリアに愛されて育ったため、こうしていつも前向きで元気な少女に育ち――。

「ねえククルー。もっとほっぺぷにぷにさせてよー」

「うぅー。そ、その耳！　触らせてくれるなら、ちょっとだけ……」

「いいよいいよー。ほれほれー」

むしろ元気すぎる少女として、明るい笑みを振りまいている。

十歳のリリーナはククルよりも身体が大きいため、しゃがみ込み、彼女の手が届く位置に頭を差し出した。

シリウスの背中から出てきたククルは、その耳を触って少し嬉しそうにする。

「みみ、もふもふ……」

「さあ次は私の番！」

「あぅ!?」

猫耳にご満悦だったククルは、罠《わな》にかかった小動物のようにリリーナに捕らえられ、そして全力で可愛がられ始めた。

「わふーい！」

「や、やめてー！」

ほっぺたぷにぷにの刑に合うククルを見て、仲良いなぁとシリウスは笑顔で見守る。

ちなみにククルは助けを求めているが、本気で嫌がっているわけでないのはわかっていたので、あえて見ない振りをした。

しばらくお子様たちがわいわいと遊んでいるのを眺めていると、ククルを抱きかかえたリリーナが思い出したように口を開く。

「そういえばシリウスさん。お婆《ばあ》ちゃんが薬を用意したから来いってさ」

「うん、それはもっと早く教えて欲しかったかな」

「ごっめんねー」

悪びれない笑顔に、シリウスはつい苦笑してしまう。

まあ悪気がないなら仕方ない、と思っていると村の入り口が妙に騒がしく――。

「なんだろ？」

「あ、あれって――!?」

シリウスが不思議に思っていると、リリーナが顔を強《こわ》ばらせた。

やってきたのは、いかにも貴族風の男性。

年齢は四十ほどで、馬に乗り、騎士たちに囲まれている。

かなり肥満体のようで、遠目にも健康に悪そうな姿をしていた。

「……ぅぅ」

元より人間不信のククルは、そんな姿を見て少し気分が悪そうだ。

ワカ村の村長が慌てた様子で貴族に近づき、「グルコーザ様！」と平伏。

それに続くように、この村の有力者たちが集まってきた。

遠くから見ていると、馬上から満足そうに頷《うなず》いた貴族が、嫌らしい笑みを浮かべなにかを言っているのがわかる。

「あれは？」

「……グルコーザ男爵。この辺りを管理してる貴族様だよ」

渋い声で、リリーナが絞り出すように答えてくれる。

男爵というのはエルバルド王国の貴族の中では最も低い爵位。

とはいえ、平民と貴族ではそもそもの立場に隔絶した差があり、なにより複数の騎士を従えることも出来る。

領地を持つことこそ許されていないが、平民から税を取り立てて領主に献上する役目を与えられた、村人では絶対に逆らうことは許されない存在だった。

「村長ぉ……？　最近、どぉうにも税が滞ってるようだが？」

「そ、それは……ですが元々の分はきちんと――」

「なぁんだとぉ!?　ならワシが、このグルコーザ様が不当に税を徴収していると、そう言うのかぁん!?」

グルコーザの恫喝《どうかつ》するような鋭い声が、シリウスたちにまで聞こえてくる。

同時に、彼を囲っている騎士たちが腰の剣に手を添えて脅し始めた。

「ひっ――!? そ、そういうわけでは！」

このエルバルド王国は騎士の国。

その精強さと清廉たる騎士道の在り方は、大陸全土に響き渡っている。

しかしこの広い王国で、すべての貴族や騎士が清廉かと言われると、見ての通りであった。

「しかし、これ以上徴収されては冬を越せなくなります！ 体力のない老人、子どもは……」

「ほほぅ……」

その言葉を聞いた瞬間、グルコーザの目が嫌らしく光る。

「なぁら、ワシが買ってやろぉではないかぁ」

「……は？」

「食い扶持《ぶち》が減ればぁ、貴様らも少しは生きやすくなろぉて」

なにを言っているのか理解出来なかった村長は、ただ呆然《ぼうぜん》とする。

村長の態度など知らないと、グルコーザは集まった村人たちを見渡した。

「っ――!?」

生理的嫌悪を抱いてしまうその視線は気味が悪いもので、誰もが顔を伏せてしまう。

そして、グルコーザの目が少し離れた場所で見ていたシリウス——その横にいるリリーナで留まった。

「んん？　まさかあれは、獣人かぁ？」

「っ——！　あ、あの！　あの子はまだ子どもで！」

「ばぁかか貴様はぁ。冬を越せない子どもを買うと言っただろぉがぁ。それに、ぐふふ……いいなぁ、珍しぃ」

説得をしようとする村長が、騎士たちに圧力をかけられる。

その間に、グルコーザが騎士に先導されながらシリウスたちの方へと向かってきた。

「ひっ——!?」

怯えるリリーナ。

それを見たシリウスは、つい彼女を庇うように前に出る。

「し、シリウスさん……」

「……」

一介の冒険者でしかないシリウスがなにかを言っても、貴族である彼は止まらないだろう。

——だけど、酷《ひど》い目に遭うってわかっているのに見捨てるのは……。

貴族に逆らう気はないが、とシリウスは悩みながらグルコーザを見上げた。

「お前はそいつの兄かぁ？」

「いえ、城塞都市ガーランドの冒険者です」

「ほぉん……」

冒険者、と聞いてグルコーザは馬鹿にしたような目を向ける。

騎士の国において、冒険者というのは騎士になり損ねたならず者の集まり。

グルコーザの取り巻きである騎士たちも、嘲笑している。

その姿は、他国から称賛されるような清廉な姿とはかけ離れていた。

「まぁいぃ。用があるのはそいつだぁ」

グルコーザは舌舐《したな》めずりをしながら、怯えているリリーナを見る。

「獣人は珍しいからなぁ。足りない税の分、たぁっぷり楽しませて貰おうかぁ」

「税は、足りているのでは？」

「ワシが足りてないと言えば、足りてないのだよぉ」

もはや、横領していることを隠そうともしない。

それだけ貴族と平民の差は大きく、逆らえないのがわかっての行動なのだろう。

――これは、仕方ない……。

この国に生まれた以上、そういうものだとシリウスも理解はしている。

ここでグルコーザに逆らっても、どうにもならないのだ。

「いつまでワシの前に立つつもりだ？　どけぇい」

「……」

シリウスが諦めたようにその場から退こうとしたとき、不意に服を摑《つか》まれる。

見れば、リリーナが涙を浮かべながら助けを求めるように見上げていた。

「リリーナ？」

「えっ、ぁ――!?」

無意識だったのだろう。

リリーナは自分のしていることに気付いて、慌てて手を離す。

そして引き攣《つ》った笑みを浮かべながら、首を横に振った。

「な、なんでも、ない……私、大丈夫だから……」

明らかに恐怖に身体が強ばり、強がっている様子。

貴族に平民は逆らえない。

それだけの権力を持っているのだ。

だがそれでもこの国がきちんと機能しているのは、多くの貴族が騎士道の誇りを持って民のために動いているから。

「……」

シリウスは紅《あか》い髪の友人を思い出す。

どこまでも清廉で、騎士を体現していた少女。

誰もが彼女のような貴族であればきっと問題なかったのだ。

だが、目の前のグルコーザのように権力を悪用する貴族もまた存在している。

「大丈夫だよ」

「え……？」

泣いているリリーナの涙を拭い、グルコーザと向かい合う。

「グルコーザ様。俺は、ガーランドの冒険者です」

「んんん？　それはさっきも聞ぃたぞぉ？」

「だから、今からやることはワカ村の村人たちとはなんの関係もありません！」

「きゃ――!?」

そう言った瞬間、シリウスはリリーナを抱えて走り出す。

まさかいきなり逃げ出すとは思っていなかったのか、その場の全員が呆気《あっけ》にとられて動きを止めた。

「……な、なぁ!?　お、追いかけろぉ！」

「は、はい！　おい行くぞ！」

慌てたグルコーザの号令に、騎士たちが慌てた様子で走り出した。

馬を走らせることは出来ないのか、ゆっくりと歩く馬に乗ったグルコーザも追いかける。

「……どうして、貴方《あなた》は」

そして一人残されたククルは、また他の誰かのために行動するシリウスの背を見て、そう呟《つぶや》いた。

＊＊＊

「はぁ、はぁ、はぁ！」

咄嗟《とっさ》の行動だった。考えて動いたわけでもない。

今ここで逃げたところでグルコーザはこの土地を任された正式な貴族。

ガーランドの冒険者と名乗った時点で逃げ場などなく、捕まってしまうだろう。

――やってしまった！　もう言い訳すら立たないくらい、やってしまった！

ただそれでも、あのままなにもしなかったらきっと後悔していた。

だから今、シリウスは無我夢中でリリーナを抱えたまま全力で走る。

「あ、あのシリウスさん！　私――！」

「大丈夫！　きっとなんとかなる！」

なんとかなるはずがない。

頭でそうわかっていても、彼女と自分を安心させるためにそう言い続けた。

背後から騎士たちが追いかけてくる。

怪我のせいでまだ体力が戻っていないシリウスは、すぐに息が切れて距離を縮められていく。

「ハア、ハア……！　怪我人で、子どもを抱えた奴《やつ》一人に簡単に追いつけないんじゃ、ハア！　大した騎士じゃないね！」

荒れる息をなんとか隠そうと強がりを口にしつつ走っていると、正面に騎士が回り込んできた。

「くっ!?」

避けることも出来そうになく、足を止める。

一度止まってしまえば、失われた体力はもはや戻ることもなく、対峙《たいじ》するしかなかった。

「おいおい、貴族に逆らうとかお前、馬鹿なのか？」

「……」

「まあたしかにグルコーザ様はあんな見た目だし、村の子どもを奴隷にして楽しむような変態だけどよぉ。気に入られたら贅沢《ぜいたく》もさせてくれる良い上司だぜ」

騎士が剣を抜きながら嘲笑する。

背後から追いかけてきた騎士たちも追いついてきて、もはや逃げ場はどこにもなかった。

「もっとも、奴隷に対して優しいかって言われると知らないけどな！」

騎士が斬りかかってくる。

その動きはC級と冒険者でも平均的な強さしかないシリウスから見てもお粗末なものだった。

おそらくまともに鍛錬もしていないのだろう。

「くっ――！」

剣を躱《かわ》して、思い切りその背中を蹴る。

実際は、鎧《よろい》の上から足で押したような感じだ。

「うぉ!?」

ダメージはないだろうが、元より重量のある鎧を着ているせいで、騎士がバランスを崩して地面に転ぶ。

「こい――うっ……」

その拍子に落ちた剣を奪ったシリウスは、リリーナを背から降ろすと騎士たちに向き合う。

先ほどまでの無手とは違い、明確な凶器を持った相手を前に騎士たちも動きに躊躇《ちゆうちよ》が生まれた。

――これなら……。

「……なぁにをやっとる！　相手は一人だろうがぁ！　一斉にかかれぇい！」

馬に乗ってやってきたグルコーザの怒号。

騎士たちはそこで躊躇《ためら》うということを止め、一斉に飛び出してきた。

もし一対一なら、もしくはシリウスが怪我をせず万全の状態だったら、まだ逃げられる可能性があったかもしれない。

しかし結果は――。

「く、そ……」

「シリウスさん!?」

怪我で身体が鈍り、満足に動ける状態ではなかった彼は騎士たちに取り押さえられてしまう。

そしてリリーナもまた、騎士によって捕まった。

「まったくぅ……なんて馬鹿な奴だぁ」

グルコーザは怒りよりも呆《あき》れた様子。

まさかただの冒険者に貴族の自分が邪魔をされるなど思いもしなかったのだ。

「貴族に逆らったのだからぁ、覚悟は出来てるだろうなぁ？」

グルコーザは馬をのしのしと歩かせ、騎士たちに拘束されているシリウスを馬上から見下ろす。

「ワシ自ら、首を刎《は》ねて——」

——ねえ、シリウスさん……。

ふと、シリウスの脳裏に場違いな子どもの声が聞こえてくる。

辺りを見渡すと、少し離れた森の木々に隠れるように小さな銀髪の少女——ククルがこちらを見ていることに気がついた。

——なんでこんなところに!?

今のグルコーザたちはなにをするかわからないから逃げろと、そう言いたくなった。

ただ、今は誰も彼女に気付いていない。

ここで叫んで彼女の存在に気付かれたら、グルコーザがなにをするかわからず、口を噤《つぐ》む。

ククルの瞳は、人に怯えていたのが嘘《うそ》のように透き通っていた。

まるで神にすべてを見透かされているような、そんな気分になる。

——リリーナを、守ってあげて。

「え？」

気付けば、まるで最初からいなかったかのようにククルが消えた。

同時に不思議な力がシリウスの身体を覆い始める。

「それじゃぁ……死ねぇ！」

「シリウスさん、逃げてぇぇぇぇ！」

グルコーザの叫びとリリーナの絶叫が辺りに響く。

シリウスの首に目がけて振り下ろされた剣は、当たった瞬間甲高い音を鳴らして宙を舞った。

「え？」

驚きの声は誰のものか。

ただ、シリウス本人ですら一瞬呆然としてしまったのだから、その場の想《おも》いは全員共通していただろう。

「く、おおおお！」

「ちょ、おま——!?」

いち早く動けたのはシリウスで、取り押さえられていた騎士ごと持ち上げるように立ち上がる。

ただ、その勢いがあまりにも強すぎて鎧を着た騎士が一気に振り払われることとなった。

「あ、え、あえぇ？」

まさかの状況に、動揺を隠せないグルコーザ。

騎士たちもまた、ざわめいている。

その隙にリリーナへ向かって駆けだし、捕らえている騎士を鎧ごと殴り飛ばした。

「わっ⁉」

「リリーナ！　大丈夫⁉」

「う、うん……シリウスさん……なんかすごいね」

リリーナは突然強くなったシリウスに驚き、目を丸くする。

「俺もびっくりした！」

そう言いながら凄《すさ》まじい勢いで飛んでいく騎士を無視して、リリーナを背に庇《かば》う。

その頃には騎士たちもようやく事態を把握して、剣を強く握り睨《にら》みつけてきた。

「……」

「……」

睨み合うシリウスと騎士たち。

――たかが、冒険者風情が！

貴族であるグルコーザは、平民に自分が舐められているのだと思い苛立《いらだ》ちを露《あら》わにする。

「い、一斉にかかれー！」

「「うおおおお！」」

その言葉に、十人の騎士たちが一斉に襲いかかってくる。

だが今のシリウスから見れば、その動きはあまりに緩慢だ。

「ぐおぉぉぉ!?」

「こいつ、強い――!?」

一人、また一人と素手のまま殴り飛ばしてしまう。

残ったのは、最初に馬鹿にしてきた騎士のみ。

「は、はぁぁぁ!?　なんだよお前!?　なんで急にこんな――!?」

「俺もわからないですけど……もしかしたら神様が守ってくれてるのかも」

実際、シリウスは今自分の身になにが起きているのか理解出来ていない。

ただ、凄《すご》い力を手に入れたということだけはわかった。

「とりあえず、今日のところは諦めて貰えたら――」

「ふ、ふざけんな！　俺たちはエルバルド王国の騎士だぞ！　テメェみたいな冒険者崩れに負けるわけねぇだろうがぁ！」

騎士は話を聞こうとせず、剣を振りかぶって襲いかかってくる。

冒険者として、なにより騎士の国の人間として、攻撃してくる相手には反撃すべし。

それは『お人好し』と言われるシリウスですら、幼い頃から叩《たた》き込まれていた常識だった。

反射的に腕を摑み、そのまま地面に叩きつける。

「がはぁ!?」

騎士は悶絶《もんぜつ》し、すぐ動かなくなる。

「ば、馬鹿なぁ……」

そして残ったのは馬上で戸惑うグルコーザだけ。

そこでシリウスは一度止まり、冷静になる。

——どうしよう……。

咄嗟に反撃をしてしまったが、実際このあとどうするべきかを悩んでしまう。

こんな行動を取っていながらではあるが、シリウスは典型的な王国民だ。

リリーナを連れ去らせるつもりはないが、とはいえ積極的に貴族に逆らうつもりもなかった。

ある意味八方塞がりのこの状況に、シリウスは頭を悩ませてしまう。

「な、ななな、なんだ貴様ぁ!?　ワシは貴族だぞぉ！」

「……あの、グルコーザ男爵」

騎士すらなぎ倒すだけの力を手に入れたのはわかったが、この力を使って脅そうとは思わない。

出来るならお互い無傷で……そう思って今のうちに交渉が出来ればと、グルコーザに近づいていく。

今回は偶然手に入れた力だが、そもそもの発端から解決しないといけないと、そう思ったから。

「あ、あ、あ……!?」

シリウスには、グルコーザを傷つけようという意志はない。

だがそんな想いは、当然ながらグルコーザには伝わらないもので――。

「わ、ワシの精鋭たちがぁ……」

周囲には自慢の騎士たちが倒れて悶絶している。

人というのは不思議なもので、相手が弱いと思えば小さく見えるが、強さを見せられると異常に大きく見えるもの。

ただの優男でしかないと思っていたシリウスが、グルコーザの視点では強大な力を持った魔物のように見えていた。

実際シリウス本人は気付いていないが、膨大な魔力を纏《まと》った状態のため、グルコーザの見え方もある意味で間違ってはいない。

「リリーナのこと、諦めて――」

「ひぃぃ！　た、助けてくれぇぃ！」

シリウスがお願いをしようと手を伸ばすと、グルコーザは騎士を置いて逃げ出してしまった。

のろのろと、彼の想いとは裏腹に馬は遅かったが……。

「えーと……」

残されたシリウスは、困惑した。

交渉しようと思ったら逃げられてしまい、どうしようという感じだ。

「う、ぐうぅ……」

騎士のうめき声を聞いて、さすがに不味《まず》いと冷静になったところで腰に少女が抱きついてきた。

「シリウスさん！」

「おっと」

「うぅぅ！　怖かったよぉ」

「……そうだよね」

身体を震わせ、泣きながら抱きついてくるリリーナに対して、シリウスはその頭を優しく撫《な》でる。

ただの村人にとって逆らうことの出来ない貴族による強要。

先祖返りという、普通の人とは異なった姿で生まれたリリーナにとって、優しくしてくれる今の居場所が奪われるのは、とても恐ろしいことだっただろう。

貴族に対してやってしまった感はあるが、それでもリリーナを助けられたことにホッとする。

――それにしても……。

脅威がなくなったからか、シリウスを包んでいた不思議な力はすでに失われていた。

あれが自分の実力でないことは、十年間も冒険者をしてきた彼にとって重々承知の事実。

「一度、あの子と話してみないとなぁ」

まるで幻のように消えてしまった、一人の少女について思いを馳《は》せる。

――なんであの子は、あんなに……。

ククルの不安と悲しみが交ざり合った瞳は、忘れることが出来そうにない。

「シリウスさん……ありがとう……本当にありがとうぅぅぅ」

だが今は、こうして泣いている少女を安心させるように、柔らかい耳の生えた頭を優しく撫でるだけだった。

＊＊＊

シリウスたちが村に戻ると、村長たちが喜んで迎え入れてくれた。

「ありがとう！　リリーナを助けてくれて、本当にありがとう！」

「シリウスさんは村の英雄だ！」

村人たちは英雄の凱旋《がいせん》のように、熱狂的にシリウスを囲んで感謝を伝えてくる。

騎士たちをなぎ倒す姿をリリーナが熱く語ったことも原因の一つだろう。

「あ、あの皆さん……ですが……」

しかし村人たちの熱量に比べて、シリウスはこれからの危険性に焦りを感じていた。

貴族というのはプライドが高いものだ。

そんな相手に恥をかかせてしまった以上、これから先どんな報復が待っているか……。

「シリウス」

「スーリアさん」

そんな中、落ち着いた表情のスーリアが前に出てくると、そのまま頭を下げる。

「アンタの懸念もわかる……だがこれだけは言わせてくれ」

――孫を、リリーナを助けてくれて、本当にありがとう。

他の村人たちとは違って、その声に熱はなくただ淡々としたもの。

だが、だからこそ彼女の想いは伝わってきた。

なんとなく、村人たちもその声色で熱が冷めたのか、浮かれた様子から一変して、静かになる。

そして一人、また一人と丁寧に、頭を下げてくるのであった。

「はい」

これから起きる可能性のことを考えて、楽観的ではいられない。

だがそれでも、今は彼女たちの想いを受け取ることにした。

第三章　ワカ村の攻防

グルコーザを撃退したその日の夜。

シリウスが手紙を書いていると、冬の季節を感じさせる涼しげな風が頬を撫《な》でた。

誰かが扉を開けて家に入ってきたのだ。

そちらを見ると、予想通りの小さな影。

「こんばんは」

「やあククル。こんばんは」

ククルは今、スーリアの家でお世話になっていた。

村の中とはいえ、夜は魔物たちの動きが活発になる時間。

そしてワカ村は魔物が棲《す》むヤムカカンの森と近い場所に存在する。

村までやってこないようにシリウスが間引いているとはいえ、餌を求めて人里までやってくる可能性があるので、あまり夜に出歩かない方がいい。

それは彼女も教えられていたはずだが、表情を見る限り大切な用事がありそうだ。

「外は寒かったでしょ？　こっちにおいで」

「うん」

囲炉裏《いろり》に火が灯り、家の中は比較的暖かい。

ククルは火の傍《そば》までやってくると、座ってまっすぐシリウスを見上げた。

そしてなにかを言いかけて、しかし緊張しているのか口籠もるようにして黙り込む。

「ちょっと待ってね」

シリウスは立ち上がると、戸棚から小さな袋を取り出す。

そこには彼が少し遠出をするときに持っていく、乾燥させた果実のお菓子が入っていた。

指先程度の大きさのそれをいくつか皿に移し、井戸から汲《く》んだ水と合わせてククルの前に置く。

「はい、どうぞ」

「え？」

「せっかく来てくれたんだから、おもてなしさせてよ」

お菓子を出したことに他意はない。

敢《あ》えて言うなら、なにか話しにくいことを話すときは手を動かしながらがいい、と友人に教えて貰《もら》ったから。

ククルはまるで小動物のように、恐る恐る手を伸ばして口に入れる。

「わっ……甘い」

そして感動したような顔をして、次の果実を口に入れた。

砂糖をまぶした干し果実は、実はかなりの高級品だ。

本来シリウスの稼ぎでは簡単には手に入れられないお菓子だが、以前美味《おい》しいと言ったらなぜか友人が送ってくれるようになった。

貰いっぱなしでは悪いなと思うのだが、「好きでやっているだけだから気にしないで欲しい」と言われては甘えるしかない。

――いつかまた、恩は返さないとなぁ。

そう思いながら、書きかけの手紙を見て苦笑する。

恩を返す、と思いながら友人に対してまた借りを作ろうとしているのだから、自分というのはどこまでも人頼りな男だな、と少し情けなくなったのだ。

「……はぅ」

ククルはお菓子がよほど気に入ったのか、その手が止まらない。

小動物のようで愛らしく、つい微笑《ほほえ》んで見ていると、彼女と目が合った。

すべてを食べ終えた彼女の頬は赤く染まり、どうやら自分の行為を恥ずかしがっているらしい。

子どもなのだから気にしなくても良いのにと思うが、それは本人の問題なのだろう。

出した水を飲むと、ククルは小さな口を開いた。

「今日は、ありがとう」

「え？」

「リリーナ、助けてくれて……」

「そのことなんだけどさ。あのときククルが助けてくれたんだよね？」

あのとき、というのはグルコーザの騎士に取り押さえられていたときのことだ。

シリウス以外、誰もあの場でククルの存在を認識出来ていなかった。

それはリリーナにも確認したので間違いがない。

――だからもしかしたら、幻だったんじゃないかって思ったけど。

だとすれば、あのとき溢《あふ》れてきた力の説明が出来ない。

それにククルと出会ってから何度も、驚くような出来事はあった。

フェルヤンクルを撃退したこと、自分を村まで担いできたこと。

ククルがしたとは本人は言わないが、シリウスの怪我《けが》を治したのも彼女だろう。

「ありがとう」

「え？」

「あのとき君が助けてくれなかったら、俺は死んでたし、リリーナは貴族の奴隷になってたから」

「私がなんなのか、聞かないの？」

「聞かないよ」

不安そうなククルに、シリウスは笑顔で返す。

ククルが何者なのか、気にならないと言えば嘘《うそ》になる。

この近隣にはワカ村しかなく、村人でない彼女がヤムカカンの森にいた理由だって普通ではないはずだ。

だがそれでも、シリウスはそれを追求しない。

人にはそれぞれ、背負っているものがあって、心に秘めておきたいことはあるものだ。

たとえ親友でも、家族でも、言えないことがあってもいい。

シリウスはそう思っていた。

「やっぱり……貴方《あなた》なんだ」

「え？」

見上げてくるククルの表情は、とても真剣なものだ。

「シリウスさん。もし貴方がとても……とっても大きな力を持ったら、どうする？」

真剣な表情で問いかけてくるククルに、シリウスもまた真剣に考える。

——とても大きな力、か。

「どうしよう？」

「え？」

「いや、イメージがわかないっていうのもそうなんだけどね。そんな大きな力を持っても、結局やることは変わらないんじゃないかなぁって思ってさ」

シリウスは十年間、冒険者をやってきた。

お世辞にも才能があるわけではなかったので、努力と経験さえ積めば誰でもなれるC級の冒険者止まりだが、本人的には丁度いいなとも思っている。

「あ、でも今より強くなったらもっと報酬の良い依頼も受けられるし、そしたら美味しいものを食べたり、ちゃんとした持ち家も買えるから……贅沢《ぜいたく》しちゃうかな」

「贅沢って……その程度？」

「え？　だって貴族みたいな生活をしたいとは思わないし」

両親が他界してから十年以上。

冒険者としての生き方が身に染みついているシリウスにとって、特別裕福な生活は想像の埒外《らちがい》だった。

「シリウスさんは、英雄とかになりたいと思わないの？」

「英雄、英雄かぁ……特に思わないかなぁ」

「大金持ちには？　モテモテのハーレムとか」

「ハーレムって……」

変な言葉を知ってるなぁ、と思いつつ否定。

「そんなのよりも、周りの人たちと笑いながら酒を飲んだり、依頼をこなして周りの人たちが喜んでくれたりする方が性に合っているかな」

「……やっぱり、お人好しだね」

シリウスの答えに、ククルは嬉《うれ》しそうに微笑んだ。

どういう意図の質問だったのかよくわからなかったが、ククルが安心してくれたようで良かったと思う。

そしてすぐ、彼女は真剣な表情となる。

「そんな貴方だから……私は……」

「ん？」

「なんでもない。ただこのままだと、この村は大変なことになっちゃう」

「うん」

急に話が切り替わったが、なにを言っているのかはわかった。

シリウスもまた、今まさにこの状況をどうにかしなければと思っている者の一人だったからだ。

完全に面子《メンツ》を潰された形になったグルコーザ。

きっと彼は本気で村に圧力をかけてくるだろう。

「正規の手順を踏まれたら、今度こそ……」

「シリウスさん。多分それはないよ」

「え？」

「ワカ村はちゃんと税を支払ってるから。あの男爵も自分が村の税を横領していることは自覚してるだろうし、これ以上の権力を行使はしてこないと思う」

ククルの見た目は五歳程度。

しかしこうして話をしてみると、もっと年上の少女と話をしている錯覚に陥った。

「多分、武力で脅してくる程度じゃないかな」

「村とは関係ない冒険者だって言ったし、俺が投降すれば……」

「きっとあの貴族の人からしたら、関係ないから」

「そっか」

「……村の人たちも貴族には逆らえないし、もっと理不尽な要求をしてくるかも」

今回、男爵がやってきたのはあくまで税を取り立てるためだ。

だからこそ兵力などわずかなものだったが、次は違う。

武力行使が始まれば、この村ではどうやっても太刀打ち出来ない。

――それでもシリウスさんは、私の力について聞かないんだね。

「だってそれ、ククルは望んでないんでしょ？」

小さく呟《つぶや》いたククルに、迷いなくそう返事をする。

どこまでもまっすぐで、嘘のない瞳。

だからこそ、ククルはその言葉に対して嘘偽りなく頷《うなず》いた。

「だったら大丈夫だよ。俺も伊達《だて》に長く冒険者はやってないからさ」

いつも助けて貰ってばかりの友人に、また追加で頼みごとをするのは気が引けていたが仕方がない。

シリウスは覚悟を決めたように手紙の続きを書き始める。

この件が終われば、なにかまた恩返しをしようと、そう思いながら——。

＊＊＊

それから一週間後、グルコーザ男爵が再びやってきた。

「冒険者シリウスはいるかぁ！」

喉の潰れたような重々しい怒号がワカ村に響く。

男爵は国から認められた正式な貴族であり、当然ながら権力もある存在だ。

彼の背後には以前はいなかった正規の軍勢がずらりと並び、武器を持って威圧してくる。

その数、実に五十。

すべてが騎士で構成されたそれは、小さな村など簡単に滅ぼせる兵力だった。

「村ごと燃やされたくなければ、出てこぉいぃ」

グルコーザはとても国を守る貴族の言葉とは思えない脅しを堂々と口にする。

その言葉を聞いて、村人たちが恐怖に顔を引き攣《っ》らせたことに、彼はまだ気付いていない。

ただ己の欲望のままに、復讐心《ふくしゅうしん》を満たすためだけにシリウスを呼びつけた。

「お止め下さい！　グルコーザ男爵！」

「ぐふふ、出てきたなぁ……」

シリウスが前に出ると、グルコーザはニヤニヤと醜悪な笑みを浮かべた。

これからの出来事に期待しているようだ。

ざわざわと、村人たちが家の窓から様子を見ている。

元々外にいた者たちは、遠巻きに、しかし近寄らないようにしていた。

「村人どもも出てきてこっちに来ぉい！」

平民にとって貴族の命令は絶対。

シリウスと馬上のグルコーザ、二人を中心に村人と騎士団が対峙《たいじ》するように並ぶことになった。

「先日と違って、ずぅいぶんと素直じゃないかぁ」

「貴族であるグルコーザ様に対して無礼を働いたこと、大変申し訳なく思っています」

「はぁん？」

シリウスはすぐに謝罪するが、残念ながらそのような言葉が通用する相手ではない。

「謝れば許すとでも思っているのかぁ？」

馬鹿にするような仕草を見せたあと、懐から鞭《むち》を取り出し地面を叩《たた》くと、鋭い音とともに地面がわずかに割れた。

「ばぁか！　ワシに逆らった者はぜぇったいに許さぁん！」

「っ――!?」

「貴様も、この村の愚か者どもも、ワシに逆らったらどうなるかわからせてやるぅ！」

グルコーザの号令に合わせて、背後の騎士たちが抜剣する。

彼らの瞳は濁り、とても清廉たる騎士とは思えない立ち居振る舞い。

もし鎧《よろい》を着ていなければ、騎士剣を持っていなければ、山賊と言われてもおかしくない在り方だった。

「行けぇ！　男は鉱山奴隷に！　若い女は好きにしろぉ！」

「「おおお！」」

そうして飛び出した騎士たち。

あまりにも理不尽な出来事。

本来であればこれで、エルバルド王国にある小さな村は滅んでしまうはずだった。

だが――。

「うわぁ！」

「なっ――!?」

騎士たちは次々と倒れていく。

村人の格好をした者たちが、騎士たちを纏《まと》めて殴り飛ばしたからだ。

「おいおいシリウス……話には聞いてたけどよ、さすがにこれはあんまりじゃねぇか？」

呆《あき》れたように、毛のない頭をかきながら騎士に立ち塞がる男の名はグラッド。

城塞都市ガーランドに住むA級冒険者であり、シリウスの友人だ。

そしてワカ村にやってきていたのはグラッドだけではない。

「まさか貴族と騎士がここまで腐っているとは……さすがにこれは、見過ごせねぇなぁ……」

「シリウスの手紙じゃなかったら、誰も信じなかっただろうぜ」

「ったく、俺はこれからサリーちゃんと遊ぶ予定だったのによ」

「お前、飼ってる犬と遊ぶのくらいちょっと我慢しろって」

ぞろぞろと、村の家々から出てくるのは、ガーランドの冒険者たち。

騎士団の五十人と、そう変わらない人数が集まっていた。

「な、な、な……」

「こ、これは……？」

「なんだこれはぁ！」

馬上のグルコーザと騎士たちは、なにが起きているのかわからず動揺する。

「行くぞおら！　俺たちは騎士様と違って、行儀良くねぇからなぁ！」

「「おおおおお！」」

そんなグラッドの号令とともに、冒険者たちは次々と武装した騎士たちに襲いかかった。

「おらぁ！」

「ぼ、冒険者風情が調子に乗るんじゃゃ――」

「死ねやゴラァ！」

「うごっ――!?」

騎士というのは常に自らを律し、鍛錬を続ける者である。

だがグルコーザの騎士たちは自堕落を続け、権力を行使して金品や女などを得ることを覚え、まともな鍛錬はしていなかった。

それに比べて、才能や品位がなかろうと、普段から命を懸けて戦い続けている冒険者たち。

たとえエルバルド王国が騎士の国と呼ばれようと、その力の差は歴然である。

「ば、馬鹿なぁ!?　なぜ、こんなことにぃ！」

次々と倒れていく騎士団。

暴れ、取り押さえているのは山賊と間違えられそうなほど粗暴な者たち。

あってはならない光景に、グルコーザは悪夢を見ているような表情をする。

「グルコーザ様」

「き、貴様！　シリウスゥ！」

「俺みたいなただの平民が、貴族様の邪魔をしたことは申し訳ありませんでした」

乱戦の最中、目の前まで現れて謝罪するシリウスに、一瞬目を丸くする。

「ですが――貴方は守るべき村人を傷つけ、壊そうとした。それは決して許されるべきことではありません。どうかこの辺で……」

「ひ、ひぃ！」

シリウスが出来るだけ穏便に説得しようと近づくと、グルコーザは大慌てで馬を蹴る。

自分を殺そうとしているのだと、勘違いをしたのだ。

「ぐっ！　おわぁぁ!?」

しかしあまりに突然の行動で馬は驚き、跳ねてしまう。

そのせいで地面に落ちた丸い身体。

「ひ、ひ、ひぃ！」

グルコーザは痛みに耐えながら、必死に冒険者と騎士たちが戦う乱戦の中に逃げていく。

「あ、待ってください！」

シリウスは必死に走るグルコーザを追いかける。

決して殺そうなどとは思っておらず、然《しか》るべきところできちんと反省して貰えればそれで良かった。

「く、来るなー！」

「そこは!?」

しかし錯乱したグルコーザが近くの家に入り、シリウスが焦る。

そこは、ククルとリリーナが隠れている、スーリアの家だったからだ。

嫌な予感がして、慌てて家に飛び込むと――。

「う、動くんじゃないぞぉ！」

「っ――ククル!?」

追いかけると、予想通りの最悪な光景。

ククルの首を押さえたグルコーザが、その喉にナイフを当てている。

目は血走り、もはや正気を保っていないのではないか、と思うほどの状態だ。

対して人質にされたククルは、普段の様子とは変わり、怯《おび》えた様子で身体《からだ》を震わせていた。

「う、動いたらこの小娘の命は、ないからな！」

「ひっ――!?」

ククルの首元にナイフが刺さり、わずかに血が滲《にじ》む。

「ククル!?　グルコーザ様！　お止め下さい！」

「ばぁか！　それは貴様の態度次第だろぉがぁ！」

もはや貴族としての矜持《きょうじ》など、どこにもないのだろう。

グルコーザの頭の中には、どうやってシリウスを陥れるかということしかない。

状況は最悪だった。

「まずは武器を捨てろぉ！」

「……」

言われた通り、シリウスは持っていた剣を捨てる。

形勢逆転、とばかりにグルコーザは醜悪な笑みを浮かべた。

「ひっひっひ。さぁて、どう嬲《なぶ》ってやろうかぁ……」

「いやぁ……」

ククルの首を押さえる腕に力が入ったらしく、彼女は苦しそうに涙を浮かべた。

恐怖のせいか、瞳は焦点が合っておらずどこか虚《うつ》ろだ。

「たす、たすけて……」

ナイフを突きつけられ、首に一筋の血が流れる。

「いや！」

「ククル!?」

「どぉやら貴様は、自分が痛めつけられるよりもぉ……」

さらに別の場所も薄く刺し、少女の首からつらつらと赤い血が流れていく。

「こいつが痛めつけられる方が、いい顔しそうだなぁ！」

「いやぁ!?　お父さん！　助けてお父さん！　やだ、やだやだやだ！」

「ぬぅわ!?　この、大人しくしろ！」

突然暴れ出したククルに、グルコーザが驚き、腕に力を入れる。

小さな身体は突然首を押さえられて喉の奥から空気が零《こぼ》れる嫌な音がし、さらにククルの頬をグルコーザが叩いた。

「っ——!?　ひぅ……うえぇぇぇん！　お父さん！　おどうざぁん！」

ばたばたと、ククルがシリウスに向けて手を伸ばす。

シリウスのことが父親に見えている様子だ。

「ククル！　落ち着いて！　大丈夫だから」

「やぁぁぁ！」

まるで過去のトラウマが刺激されたように、もはやこれまで見た年齢に見合わない雰囲気は消え失《う》せていた。

言葉にならず、悲痛な様子でお父さん、助けてを繰り返す。

それと同時に、凄《すさ》まじい魔力が彼女から溢れ出した。

「これは——!?」

「ひぃっ！　な、なんだぁ!?」

荒れ狂う魔力の渦は家の中の備品を吹き飛ばし、止まらない。

グルコーザの手からはナイフが飛んでいくが、意地でもククルは離さないという執念か、彼自身は離れなかった。

「ククル！」

「いやぁ……！　なんで私ばっかり！　お母さん許して！　お父さん、お父さん助けて！」

暴風がシリウスを吹き飛ばしそうになるが、彼はその場で踏ん張る。

怯えているククルの姿があまりにも痛々しく、守らなければならないと思った。

だから――。

「大丈夫！」

「……え？」

突然の大声。

シリウスの言葉にはなんの根拠もなかったが、それでもその想《おも》いだけは伝えたかった。

驚き、魔力を止めたククルは、目を丸くしてシリウスを見ている。

同時に、ほんのわずかだがグルコーザの背後で影が動いた。

それがなになのか理解したシリウスは、彼らの注意を引きつけるように言葉を続ける。

「俺たちが、助けるから！」

「なぁにを――!?」

ようやく収まった魔力の嵐に耐えたグルコーザは、シリウスの態度に苛立《いらだ》ちを覚えたのだろう。

表情が不快に歪《ゆが》み、シリウスを睨《にら》みつけてくる。

「ククルを――」

同時に、この場にいる人間の誰とも違う声が聞こえてきた。

それはグルコーザの背後、この家に居るリリーナのもので――。

「離せー！」

「グゲェッ――!?」

勢いよく、背後から棒でグルコーザの頭を叩く。

鈍い打撃音とカエルが潰れたような声が交ざった音とともに、その手からククルが離れた。

「ククル！」

シリウスは勢いよく突き飛ばされたククルを受け止めると、優しく抱きしめる。

「うえぇぇぇん！　怖かったよぉ！」

「大丈夫、もう大丈夫だから」

子どもをあやすように背中をさすり、落ち着かせる。

腕の中で何度もお父さんと叫ぶ少女の身体は、とても小さい。

――この子は、特別な力を持っているのかもしれない。けど……。

こうして泣く姿は、どこにでもいる五歳の少女だと思った。

「うぐ……おのれぇ……」

グルコーザが立ち上がり、憎々しげに三人を睨む。

「貴様ら、絶対に許さんぞぉ……この村ごと、必ず復讐してやるからなぁ！」

「あ、逃げた！」

「追いかけないと……」

「お父さん……行っちゃうの？」

「うぐっ――」

逃げたグルコーザを追いかけるために立ち上がろうとしたが、腕の中のククルが離れようとしない。

凄まじく庇護欲《ひごよく》を誘う目で見上げてきて、今の精神的に不安そうなククルを置いていくことは出来そうになかった。

とはいえ、グルコーザをこのまま逃がしたら、本当に村ごと破壊させかねない雰囲気がある。

このまま逃げすわけにはいかない。

「一緒に行こっか」

ククルはなにも言わずに抱きついてくる。

それを了承と取ったシリウスが抱き上げて、家の外に出た。

外はすでに争いも終わっているのか、静かだ。

グラッドたちがあの落ちぶれた騎士たちに負けるとは思えないので、勝利した後だろう。

グルコーザの顔はもう外の冒険者たちも把握しているため、逃げられることはない。

「でも、静かすぎる……」

村の中心に戻っていくと、その原因がわかった。

グルコーザの連れてきた騎士たちは全員、冒険者たちによって倒されたのか地面に転がっている。

だが同時に、グラッドたち冒険者もまた、地面に倒れていた。

「グラッド――!?」

そんな彼らの前には、緋色《ひいろ》の長い髪に上位騎士の証《あかし》である王家の紋章の入ったマントを着けた美しい女性。

彼女の後ろには、十人の騎士が並んでいるが、そのすべてが上位騎士。

グルコーザの連れてきたごろつきとは違う、騎士の国エルバルドの最精鋭だった。

「ど、どうしようシリウスさん！」

頼みの綱の冒険者が全滅し、リリーナは焦った様子を見せる。

だが対照的に、シリウスはホッとした顔をしていた。

「……間に合ってくれたか」

「シリウスさん？」

女性騎士に縋《すが》っていたグルコーザが、シリウスに気付いて立ち上がる。

「あ、あいつです！　やつが首謀者のシリウスです！」

「そうですか……」

まるで百万の援軍を手に入れた、と言わんばかりに強気な姿勢。

女性騎士はシリウスと目が合い、そして――。

「ふ、ははははスカーレット様！　よろしくお願いぶへぇ――!?」

グルコーザを蹴り飛ばした。

「こいつがこの村を襲った首謀者らしい。これまでの横領分だけではないだろうから、徹底的に口を割らせろ」

「はっ――！」

スカーレットと呼ばれた女性騎士の指示を受けた騎士たちが、規律のある動きでグルコーザたちを捕らえていく。

それを横目に、緋色の髪をした女性はゆっくりとシリウスに近づいてくる。

「久しぶりだなシリウス」

彼女は微笑むと抱きついてくる。

シリウスもまた、旧友の再会を喜ぶように抱きしめ返した。

「アリアが来てくれて助かったよ」

「なに、シリウスのためなら王女の護衛すら断ってでも来るさ」

「あはは、相変わらずだけど、そういう冗談は誰かに聞かれたら大変だから止めておこうね」

――冗談ではないのだがなぁ。

と小さく呟くアリアの言葉は、シリウスには聞こえなかった。

緋色の髪を靡《なび》かせた騎士――アリア・スカーレット。

彼女は騎士の国エルバルド王国の最上級騎士である。

元々は孤児だったが、卓越した剣の才能を認められてスカーレット侯爵家に引き取られて育てられることに。

すぐに頭角を現し、少女時代にはすでに並の騎士では歯が立たないほどの強さとなった。

そして今では上位十二名だけしか名乗ることの出来ないラウンズに名を連ね、王国最強の一角として数えられている英傑である。

——あの小さな子が、こんな立派になるなんてなぁ。

なぜシリウスがそんな侯爵令嬢と知り合いかというと、彼女が孤児の時に住んでいた教会へよく依頼で行っていたからだ。

今年で十八歳になるアリアより二歳上の彼は、そこで兄のように慕われていた。

実は、最初にアリアに剣を教えたのもシリウスだ。

といっても、才能を見出《みいだ》したとかではなく、たまたま彼女が剣に興味を示したので先輩冒険者として少し手ほどきをしただけ。

しかし天才というのはそれだけで十分であり、アリアの才能は凄まじいものだった。

最初の半年でシリウスを超え、たまたま知り合ったスカーレット侯爵に話をしたら、トントン拍子に養子となり、今では史上最年少で最強の騎士の一人としてラウンズに入ってしまったほどだ。

まさか偶然出会った少女がこんなことになるなんて、神ですら予想出来ないだろう。

「……お父さん、この人は味方？」

ふと、腕の中からククルが問いかけてくる。

泣き疲れて眠っていたのかと思ったが、どうやら起きていたらしい。

当たり前のようにお父さんと呼ぶのは恐怖がまだ残っているからだろうし、その方が落ち着くのであれば好きにさせてあげればいいと思った。

「うん。アリアは信頼出来る人だよ」

「そっか……」

ぽん、ぽん、と背中を叩いてあげると、そのリズムが気に入ったのか徐々にククルの身体から力が抜けていく。

最後の抵抗のように、ぎゅっと首に回した手に力を入れて、そのまま寝入ってしまう。

「あ、寝ちゃったかな？」

「お父……さん？　え、シリウス……その子、娘……？　え？」

「ん？」

アリアが動揺した様子で目を回している。

いったいどうしたのだろう？　とシリウスが思っていると不意に考え込んだ。

「いや、冷静になれ。大丈夫だ……シリウスの年齢を考えたら、この子が本当の子どものはずがない……」

いついかなるときでも騎士は冷静に状況分析しなければならないのだと、アリアは己に言い聞かせる。

この国最強の騎士として言葉の意味を読み取り、現状と合わせて理解した。

「シリウスに嫁がいるわけではないから、大丈夫。大丈夫……大丈夫……」

「アリア？」

「つまり私が母親になればいいのだな！」

「なんの話!?」

テンパったアリアの言葉はまるで冷静ではなかった。

「隊長！　グルコーザを含め、その一派すべてを捕らえました！」

「――っ!?　そ、そうか！　ならば副隊長はそのまま彼らを連れてガーランドへ向かえ。そして法に従い然るべき処罰を！」

「は！」

キビキビと、先ほどまでいたグルコーザの騎士とは比べものにならない練度で動く。

よほど厳しい鍛錬をしてきたのか、一挙一動に隙がない。

これが本物の騎士かぁ、とシリウスが感心していると指示を終えた副隊長が戻ってきた。

「隊長はせっかくシリウス殿と出会えたのですし、逢瀬《おうせ》でも重ねながらゆっくり戻って下さい」

「そ、そうか？　あ、いや別に私はシリウスを友人だと思っているがそれ以上の感情など……」

「なんならその子にお母さんと呼ばれるまで粘ってみてもいいのではと愚考します！」

「貴様、全部聞いていたなぁ！」

アリアが剣を抜くと同時に逃げ出す副隊長。

それを見てケラケラと笑う騎士たち。

先ほどまでの厳格な様子とは違い、ずいぶんと穏やかな空気だ。

かつて騎士を目指したこともある身であるが、それでも厳格な様子よりこの雰囲気の方が心地好かった。

「これもアリアの人徳かな」

「ち、違うぞシリウス！　普段はもっと厳しく律しているのだ！　なのにあいつらと来たら……」

「隊長は今、シリウス殿の前では格好良く決めようとしていますが、プライベートではちょっと雑な部分が多いのです」

「あ、そうなんだ。そういえば教会でも妹たちによく怒られてたっけ」

アリアとの付き合いが長いため、副隊長とも交流があるシリウスは彼の軽口に笑う。

こっそりつまみ食いをしたり、布団を片付けなかったりして怒られていた記憶があるうちは、まだまだ子どものようにも思えた。

「シリウス、副隊長……ずいぶんと、楽しそうだなぁ？」

「ではシリウス殿、後のことは任せました。隊長は可愛《かわい》い人なので、是非とも甘やかしてあげてください」

「副隊長！」

それだけ言うと、副隊長はさっとその場から消えてしまう。

完全に逃げ慣れた者の動きだ。

その背を睨みつけるアリアだが、もう戻ってこないことを確認して一息吐く。

「……まったく」

「相変わらず、みんなに愛されてるみたいで良かったよ」

「あいつら、シリウスがいたら私が怒らないと思っているんだ」

少し拗《す》ねたような、年相応な雰囲気。

これが王国最強の騎士とは、きっと誰も思わないだろう。

「さて、それではシリウス」

とはいえ、仕事中のアリアは正しく騎士である。

目を鋭くさせて、仕事モードに切り替えた。

「事情はおおよそ手紙で把握しているが、改めて詳しく聞かせて貰おうか」

「うん。それじゃあ村長と――」

「アタシも話をさせて貰おうか。なにせ大事な孫娘が奴隷にされそうになったんだからね」

「ええ、証人は多い方がいいのでお願いします」

そうして、村長、スーリア、シリウスの三人は、アリアと共に村長宅へと向かう。

両手でがっちりホールドしていて離れないククルを抱っこした状態で。

＊＊＊

その夜、ようやく離れたククルを寝かせ、シリウスはゆっくりと村を回る。

特に意味のある行為ではなく、ただの気晴らしだ。

村を見渡せば、あちこちで戦闘跡らしきものが残っていた。

ただそれでも、誰も犠牲にならずに戦いを終えられて良かったとも思う。

「いろんな人に助けて貰っちゃったなあ」

今回の件、シリウスは自分一人で解決することは不可能だと判断し、あちこちに助けを求めた。

武力行使に対しては、すぐに動ける冒険者たちと連絡をとった。

そしていざ権力で押さえつけられそうになったときのために、より上位の貴族であるアリアにも声をかけた。

おかげでワカ村には被害もなく、ほぼ完璧な形で事態を収束することが出来たといえよう。

あえて被害が大きかったところと言えば、冒険者たちだ。

「グラッドたちは結構怪我しちゃったけど……まああれは仕方ないか」

城塞都市ガーランドの冒険者たちは強く、グルコーザの騎士たちとの戦闘では無傷だった。

それでもグラッドたちが倒れていたのは、アリアのことをグルコーザの援軍と勘違いして襲いかかったからだ。

事前にスカーレット家の騎士がやってくることを伝えていたのだが、戦闘で興奮状態だったために止まれなかったらしい。

結果、反撃を食らった。

これが普通の騎士相手であれば、グラッドの強さでは下手をすれば倒してしまうし、逆に相手も手加減が出来ずにグラッドたちが殺されてしまっていたかもしれない。

王国最強の騎士であるアリアだからこそ、誰も傷つけずに制圧が出来たのだ。

「相変わらずの強さだなぁ……ってあれ？」

太陽が落ちれば村人は寝静まる。

人工的な光がなく、ただ月と星の光だけを頼りに歩いていると、不意に人影が見えた。

「アリア？」

「ああシリウスか」

穏やかに微笑む彼女は身に着けていた軽装備も外し、ラフな格好だ。

貴族の令嬢が月夜に照らされて歩く姿は幻想的で、もしこの場に画家がいれば生涯をかけた作品として描き出すだろう。

昼間見た騎士たちのトップとは思えないほど柔らかい雰囲気。

「こんな時間にどうした？」

「いや、ちょっと眠れなくて歩いてたんだけど、アリアは？」

「私は……」

彼女が見ていた先は、スーリアの家だった。

ククルが魔術を暴発させたせいで中はボロボロとなり、今はリリーナと村長の家に行っていて空き家になっているはずの場所。

「この魔力の残滓《ざんし》……」

「……」

「なあシリウス。あの少女はいったい何者だ？」

家を見ていたアリアが、真剣な表情でシリウスを見つめる。

シリウスとて、ククルがなにか特別な力を持っていることは理解していた。

だからこそ、どこまで事情を話すべきか、と悩む。

「ちょっと歩こうか」

頭の中を整理するために、そんな提案をする。

アリアは頷き、隣にやってきた。

そうして村をゆっくりと回りながら、ここ最近にあった出来事を語り始める。

「実は俺、死んでもおかしくない怪我をしたんだ」

「なに……？」

もし自分にククルを守るだけの力があれば、きっと黙っていただろう。

だがシリウスは、自分の力量をしっかり理解していた。

そして同時に、アリアのことも信頼している。

彼女ならきっと、ククルにどんな危険が迫っても守ることが出来るだろうし、力になってくれるはず。

それ故に、アリアにはここ数日の経緯をすべて話すことにした。

森で強力な魔物と出会い、消し飛ばしたこと。

自らの死んでもおかしくない大怪我を治してしまったこと。

小さな身体で森からシリウスを運んだこと。

そして、先ほどのグルコーザに捕まっていたときのこと。

黙って最後まで聞いたアリアは、ぽつりと一言――。

「……危険だな」

「悪い子じゃないよ」

彼女は王国の騎士であり、そして大貴族の令嬢。

この国を守るべき立場にあり、だからこそそういう言葉が出たのかと思った。

「そういうことではない。それほどの力を持っていながら、後ろ盾がなにもないことが問題なんだ」

「それは……」

大陸には魔術という技術が広まっているが、エルバルド王国ではそれほど浸透していない。

理由は、騎士が強すぎるから。

生まれ持った身体能力と剣技が魔術を上回り、戦場で猛威を振るい続けてきた結果、魔術というのは重要視されてこなかったのだ。

「とはいえ、そこまで規格外な力では話は変わってくる」

「やっぱり、おかしい？」

「異常、としか言えないだろうな」

アリアの知る魔術は、せいぜい火の玉を飛ばしたり、傷の治りを早くする程度。

少なくとも、死にそうなほどの大怪我を一瞬で治したり、強大な力を持った魔物を吹き飛ばす力は知らないと言う。

「そんな力があれば、我が国でも魔術の研究にもっと力を入れるさ」

「だよね」

「さて、どうするべきか……」

さすがのアリアも悩んでしまう。

ククルの力が貴族にバレれば、間違いなくその力を我が物にしようとするだろう。

特に騎士としての階級が低い者は、喉から手が出るほど欲するに違いない。

「今のままだと、あの子を巡って争いになる……？」

「なる。間違いなく」

その結果、手に入れられないなら殺してしまえ、となってもおかしくない。

アリアが聞いた話では、ククルは人に怯えて力を発揮出来ない状態らしい。

それなら殺すのは難しくはないだろうと考える。

大魔獣すら狩るラウンズのいる王国であれば、おそらく魔術の発動前に切り込むことは出来るだろうし、現時点では脅威度は低いとも言えた。

だがもしその魔術を自由自在に操れるとすれば、それは——。

「……」

シリウスのことを、アリアがじっと見つめる。

そのうち、ため息を吐《つ》いた。

「なに？」

「いや、やはりあの子の力はしばらく隠しておくのが最善だろう、と思ってな」

「やっぱりそうだよね」

「ああ。あとは誰が世話をするかだが……」

貴族の家は論外。

このワカ村も、すでにククルの力の一端を村人が知ってしまっているため、あまりよろしくない。

そうなると――。

「まあそれは、本人に聞いてみようよ。ガーランドにはアリアが育った教会もあるからね」

「……そうだな」

――あれだけ懐いていて、あの子がお前から離れるとは思えないが……。

と呟いたアリアの言葉は、シリウスには聞こえなかった。

＊＊＊

ククルが目を覚ますと、隣にはこの世界で最初に出会った青年がいた。

「寝てる……」

部屋に時計はないので、正確な時間はわからない。

かつて彼女のいた世界は人工的な光に溢れ、夜でも明るさのある世界だった。

だから知らなかったのだが、月と星の光だけでも人の顔を判別出来る程度には明るいらしい。

「……」

ククルは起き上がり、じっとシリウスを見つめる。

「あのとき、温かかったな……」

いったい、あんな風に誰かに抱きしめられるのは何年ぶりだろうか？

お父さんと叫んでしまったが、今思い返せば父からですらあんな風に優しくして貰った記憶はなかった。

「お父さん……」

そう言いながら、恐る恐るシリウスの頬に触れてみる。

少し髭《ひげ》が伸びて、ジョリジョリとしていて、奇妙なくすぐったさが指に残った。

「やっぱり、この人がそうなんだよね」

「……ん？　ククル？」

「あ……」

いつもなら、逃げてしまっていただろう。

ククルにとって大人というのは暴力を振るってくる相手で、出来れば近づきたくもない相手だから、それも当然。

しかし今は、起きたシリウスを見ても逃げようとは思わなかった。

「あの、私……」

「ん……ちょっと待ってね」

シリウスが布団から起き上がり、座った状態で話を聞く体勢を取る。

「あの、その……」

「うん、いいよ焦らなくても」

――この人はいつも、ちゃんと待ってくれる。

そう思うと心が軽くなり、深呼吸をする。

すーはーすーはー、何度も何度も息を整え、そしてまっすぐ見つめた。

「さっきは助けてくれて、ありがとうございました」

「いいんだよ。俺のせいで危険にしちゃったからね」

笑顔でそう返されてしまうが、そうではないのだ。

そもそもククルには力がある。

あんな男など簡単に吹き飛ばすだけの力を、持っている。

それはシリウスだって気付いているはずだ。

気付いていて、自分が言うまで待ってくれていた。

――どうしてこの人は、私のことをこんなに尊重してくれるんだろう？

そう思わずにはいられない。

「シリウスさんだってわかってるよね？　私には強い力があるんだよ」

「そうかもね」

「そうかもねって……」

「でもそれと、怖くないっていうのは一緒じゃないんじゃないかな？」

そう言われて、ククルは一瞬呆気《あっけ》にとられた。

「たとえば凄《すご》く剣の才能がある子がいたとして、その子は大人よりも強いとしよう」

それはたとえ話なのか、本当にあった話なのか……。

「初めて魔物と戦うとき、彼女はちゃんと戦えただろうか？」

「それは……」

多分無理だ、と思った。

実際に同じような状況を経験したククルは、才能の問題ではないのだと理解していたから。

「人はね、初めてやることは怖く感じるものなんだよ。ましてやそれが、命の危険が迫っていたらなおさらだ」

笑顔で優しく、頭を撫でてくれる。

その手は長く剣を振ってきたことで出来た剣ダコでゴツゴツとして、見た目は優男なのに想像とは全然違う力強いもの。

だが、とても温かい。

「怖くて当たり前。助けを求めて当たり前だ。俺だって今回、一人じゃなにも出来ないから、いろんな人に助けて貰ったんだよ」

「うん……」

「だから大切なのは、自分が助けて貰ったことを申し訳なく思うことでも、それを当たり前だと思うことでもなくて――」

――助け合って生きていこうと思うことなんじゃないかな？

すん、となにかが胸の中に落ちた。

これまでの人生の中で、彼女がずっと味わったことのない感情なので、それを理解することは出来そうにない。

だがとても大切で、その言葉は大事なものなのだと本能で感じ取った。

「じゃあ、私は助けて貰ってもいいの？」

「もちろん」

ごく自然に、なんの躊躇《ためら》いもなく、今まで見てきた大人たちとは違う心地の好い笑顔。

それを見た瞬間、目の前が歪む。

「あ、れ……？」

「泣きたいときは、泣いたら良いよ。もし顔を見られるのが嫌だったら、胸も貸してあげる」

今、どういう状況なのかを理解するより、頬に温かい水が流れる。

それが涙だとわかったときには、シリウスの腕に飛び込んでしまっていた。

昼間にあれだけ泣いて、涙など涸《か》れてしまってもおかしくないのに、なぜか止まらない。

ただそれは、ククルにとって嫌なものでは決してなかった。

＊＊＊

「うぅ……ごめんなさい」

「謝らなくていいよ」

しばらくして、シリウスはククルが落ち着いたタイミングを見計らって囲炉裏に火を点《つ》けた。

真っ赤に腫らした目が見えてしまいそうで、少し恥ずかしい。

だが嫌な気分ではなく、むしろ今まで抱えていた暗いモヤがすべて流れ落ちたのではないか、と思うほど身体が軽い。

「子どもは泣いて育つもんだ」

「うぅ……シリウスさん、ちょっと楽しんでない？」

「そんなことないよ」

小気味良い会話。

人に怯えて生きてきたククルにとって、会話が楽しいと思えるのは久しぶりの経験だった。

そして、この人に偽りの自分を見せるのは嫌だと、そう思う。

「あのね……もし私が見た目通りの年齢じゃないって言ったら驚く？」

「え？」

「私、本当は十五歳なの」

本当に唐突に、言ってみた。

彼がこれを冗談だと思って否定するなら、それはそれで良い。ただ離れるだけだ。

だがもし、真剣に受け入れてくれるなら――。

「そうなんだ。だからそんなにしっかりしてるんだね」

「しっかりって……本当に、あなたは――」

呆れてしまった。今の話を聞いた返答がそれとは、恐れ入る。

そんな気持ちを抱いたククルは、同時にこれまで散々嘘をついてきた人間を見てきたから、シリウスがまるで疑っていないこともわかった。

どういう人生を歩めば、ここまで人を信じられるのだろうか？

「ここは違う世界で死んで、神様に会って転生させて貰ったの」

――全部話してしまおう。

「へぇ……神様って本当にいたんだ。それに別の世界があるなんて、物語の中だけだと思ってたよ」

――これまで蓋をしていたすべてを、語ってしまおう。

「うん。それでね――」

――だって彼は、受け入れてくれるから。

「前の世界だとお父さんが先に死んじゃって、お母さんと二人で生活してたんだけど、私って暗い性格だし、お母さんも疲れちゃったんだろうね。だんだんと苛立ってきたのか、いつも私のことを殴るようになってきて、それで借金もあって……怖い男の人を連れ込むようになってきたんだ。もういやだ！　やめて！　って何度言ってもお母さんは殴るのを止めてくれないし、怖い男の人たちは私のことも嫌な目で見てくるし、学校はみんな私のことを無視するし、お母さんは私のことを生まなければ良かったっていうし、ああここが地獄なんだってずっと思ってた。そしたらある日、トラックに轢《ひ》かれちゃって、笑っちゃうよね。ずっと学校にも家にも居場所がなくてただで見られるネット小説だけが生きがいみたいになっちゃってたらさ、本当に現実に起きちゃうの。本当に馬鹿みたい、馬鹿みたい馬鹿みたい馬鹿みたいでさ……」

ククルは一度口を開くと、決壊したダムのように言葉を紡ぎ続ける。

そこに自分の意志などないかのように、自身でもなにを言っているのかわからないくらいの勢いで、ただ永遠と。

シリウスに通じないのがわかってなお、言葉を止めることはなかった。

——ああ、怖い……。

思い出すだけで心が闇に包まれそうだ。

だけど一度吐いた闇はもはや自分の心を操っているかのように、際限なく零れだしていく。

「そこで神様が言ったんだ。次の世界では幸せになれるように『大賢者の加護』を差し上げますって。それに貴方のことを幸せにしてくれる人はきっと見つかりますから、だから希望を持って生きてくださいって。あはは、まあ全然信じてなかったんだけどね。だってあんな人生があって誰かを信じられるわけなんてないし、神様だったら前の人生のときに助けてよって話じゃない。しかも生まれ落ちたところが魔物のいる森の中で大賢者の加護とかは意味わかんないし、怖いし、泣きたいし、不安だったし、痛いのも辛《つら》いのもいやだった寂しいし……」

この言葉は前世の自分が言っているのか、それとも『ククル』が言っているのか、もはや彼女自身もわからなかった。

ただそれでも一つ言えることは、どれだけ言葉を紡いでも闇が消えないのと同じように、どれだけ話をしても目の前の青年は最後まで聞いてくれるだろうということ。

それは生まれたての赤ん坊が両親に甘えるような、無垢《むく》な信頼。

「本当に、寂しかったの……怖かったの……」

「そっか……」

「シリウスさんが守ってくれるって言ったとき、びっくりした。逃げればいいのに、私なんていらない子なのに……うぅ、うぅぅ」

だんだんと嗚咽《おえつ》が交ざり、言葉が言葉にならなくなっていく。

シリウスは再び彼女を引き寄せると、そのまま抱きしめる。

その温《ぬく》もりに身を任せた瞬間、ククルの感情が爆発した。

「わ、わだし！　ほんどうは十五歳だけど……もうまえのごどはぜんぶわずれだい！　ごどもからまだやりなおじだい！」

「そっか、そっか……」

「ぐぐるはぐぐる！」

「そうだね、ククルはククルだね」

「じあばぜになりだいよー！　ごどもどじで、あまえだいよー！」

もう滅茶苦茶《めちゃくちゃ》だ、とうっすら残るククルの冷静な部分が言っている。だがそれは決して表には出てこない。

ただ言いたいことを言い続ける。

そうしてククルが疲れきってしまったのか、徐々に言葉は小さくなり――。

――お父さん。

瞳を涙で濡《ぬ》らしながら、何度もシリウスのことをお父さんと呼ぶのであった。

＊＊＊

「お父さん、かぁ……まだ結婚もしてないんだけどなぁ」

ククルの言葉をすべて理解出来たわけでも、そして受け入れられたわけでもない。

少なくとも子どもを育てた経験のない自分が、彼女の父親になれるとは思えなかった。
「まあでも、それだけ信頼してくれてるんだよね」
膝の上で寝ているククルの頭を撫でてみる。
まるで猫のように身体を丸め、安心しきった雰囲気。
こういう信頼に対しては、どうにか返したいと思ってしまう。
「とりあえず、街に戻ったら色々な人に相談してみよう」
今までも、多くの人に助けられてきた。
シリウスはそれが悪いこととは思わない。
その倍以上、頑張って恩を返せば良いのだと思っていたからだ。
それに、シリウスはこの子に命を救って貰ったのだから――。
――今度は、俺が彼女を助けよう。
寝ているククルを見て、そう思った。

＊＊＊

時の流れというのはあっという間に過ぎるもので、グルコーザの一件が落ち着いてから一週間が経《た》った。

シリウスが呼んだ冒険者たちも手当てが終わり次第ガーランドに帰っていき、その数日の忙しさが嘘のように穏やかな日々が続いている。

グルコーザの代わりに派遣される予定の男爵は、スカーレット侯爵家の手の者が来るという。

今後は以前のような横領は起きないだろう。

「よーしみんな、ガンガン作っちゃうよー！」

「「おおー」」

そう元気に声を上げるのはリリーナ。

そして彼女に従う村の子どもたち。

彼女たちは今、冬越えのために魔物の毛皮を集めて布団を作っているところだ。

わいわいと楽しそうに剝ぎ取った毛皮を集め、大人たちにやり方を学んで頑張っている。

「毛皮以外の部分も無駄には出来ないからね！　しっかり手順通りやるんだよ！」

「「はーい」」

余った素材は暖かくなった後に商品とするため、なめして革製品とする。

こうした小さな村では無駄に出来る素材など一つとしてなく、そして冬が近い今、子どもたちを遊ばせる余裕もない。

とはいえ、幸い大人と一緒になにかをするというのは子どもたちにとっても楽しいことらしく、笑顔でみんな手を動かしていた。

「よっと」

「おおー、さすがシリウスさん。手際がいい！」

狩ってきた獣の皮を剝いだら、近くにいたリリーナが感心した声を上げる。

「まあ剝ぎ取るのは慣れてるからね。とはいえ、これ以外は村の人たちには敵《かな》わないよ」

布団を作るにしても、革から製品を作るにしても、細かい工程がたくさんある。

村の子どもたちにとって常識であるそれらも、早くに両親を亡くし、十歳になる頃には剣を握って冒険者であり続けたシリウスにはよくわからない部分が多かった。

今は猫の手も借りたいという状況だろうから手伝いを申し出てみたが、どうにもうまくいかずに戸惑ってしまう。

「じゃあ私たちがシリウスさんに教えてあげるね」

「それは助かるな」

そうして集まってきた子どもたちと一緒になって革製品を作っていると、少し離れたところで様子を窺《うかが》っていたククルを見つける。

ぴこん、とリリーナの耳が反応するが、彼女はまだ我慢だと、ククルの存在に気付かない振りをしていた。

対するククルは、こちらに来たそうな雰囲気を出しつつも、怯えているため寄ってこない。

――まるで猫みたいだな。

猫といえば猫耳族のリリーナの方だと思うが、こちらはむしろ狩人《かりゅうど》のようにただ獲物がやってくるのを楽しそうに待っている。

そうしてしばらく村の子どもたちと製品を作っていると、ようやく覚悟を決めたククルが恐る恐る近くに寄ってきた。

「……シリウスさん、私もやってみてもいい？」

「うん、もちろん。みんなもいいよね？」

「もちろんー！」

「いいよー」

「え？　え？　え？」

子どもたちは元気に声を上げて、自分たちの輪の中にククルを迎え入れた。

その勢いに慌てて助けを求めてくるが、シリウスは笑うだけで助ける気はない。

これまで自発的に村の手伝いをやろうとはしなかったククルも、変わろうとしているのだ。

だったら、それを支えてあげるのが大人の役目だと思ったシリウスは、子どもたちに色々と教えて貰っているククルを、ただ見守ることにした。

＊＊＊

しばらくして、休憩の時間となる。

家族のところに戻っていった子どもたちを見送り、シリウスは貰ったおにぎりを食べながら村の様子を観察していた。

そしてそんなシリウスを、隣に座ったククルが見上げてくる。

「なに見てるの？」

「村の人たちはみんな強いなぁって見てただけだよ」

貴族の嫌がらせにも負けず、自然の寒さにも負けず。

こうした地方の村々は、日々を普通に生きていくだけでも大変だ。

それでも笑顔を絶やさず、こうして次の春へ向けて進んでいく様は、凄いなとシリウスは思った。

「そうだね……」

まるでシリウスの真似をするように、ククルも村の様子を観察する。

のどかな風景の中に、大地に根付いた大樹のような芯の強さをたしかに感じ取った。

「うん……本当に強いような気がする」

＊＊＊

外部の人間でワカ村に最後まで残っていたのはシリウスとククル。

そして城塞都市ガーランドを治めているスカーレット侯爵家の令嬢にして、王国十二騎士の一人アリア・スカーレットの三人だ。

彼女に紹介されてやってきたマドモー男爵は村人たちに受け入れられ、村に関して憂いもない。

これでシリウスたちは安心して、ワカ村を出立することが出来るようになった。

「今までお世話になりました」

村の入り口には、村中の人が集まっているのではないか、というくらい人がいる。

「なぁに。私としても孫娘を助けて貰っただけじゃなく、村ごと守って貰ったんだ。感謝こそすれ、礼を言われるようなことじゃないさ」

「大げさですよ。村に関しては、俺のせいで――」

短慮にリリーナを連れて逃げなければ、もしくはあのときグルコーザに許しを請えば。

村ごと潰そうなんて思わなかったんじゃないか、とシリウスは思う。

だが、その言葉にスーリアは首を横に振る。

「いずれワカ村はあの男によって滅茶苦茶にされていたさ。アンタの行動はそれをほんの少し早めただけだ。それに、村の未来を明るくするための道を広げてくれた……感謝こそすれ、非難することなんてありはしないよ」

「そうだよ！　もしシリウスさんがいなかったら、私は奴隷にされたもん！」

スーリアの傍にいる、猫の耳をした少女。

エルバルド王国では珍しい亜人の先祖返りは、好事家たちにとっては貴重な存在だ。

もし連れ去られていたら、どんな酷《ひど》い目に遭っていたか……。

それがわかっているからこそ、この村の人たちはそんなリリーナを助けたシリウスのことを大切な仲間のように思っていた。

「というわけさ。まあなんというか、アンタは損な性格をしているけど……」

スーリアはいつもの渋い顔に少しだけ優しい笑みを浮かべて、シリウスの傍から離れないククルを見る。

「まあきっと、神様は見ていてくれるから大丈夫なんじゃないかね」

第四章　冒険者ギルド

馬車に揺られ、舗装された道をゆっくりと進む。

揺れは少なく、貴族の馬車というのはこういうものか、とシリウスは感動しながら窓の外を眺めていた。

正面にはアリア、そして隣にはククルが座っている。

「ククル、私のことをお母さんと呼んでいいんだぞ」

「……いや！」

どうやらアリアはククルのことをかなり気に入っているらしく、この馬車での旅路で時折そうしたことを要求する。

それ自体は良いことなのだが、どうにも距離の詰め方が急すぎる気がした。

だからか、ククルはシリウスの服を摘《つ》まんで、アリアに抵抗の意思を見せる。

「なあシリウス。ククルがお母さんと呼んでくれないんだが、お前からもなにか言ってくれないだろうか？」

「ククルが嫌がっているなら、無理強いは出来ないでしょ」

「くっ――！」

そもそも、なぜお母さん呼びに拘《こだわ》るのかがわからなかった。

――アリアの年齢ならお姉ちゃんと呼ばれる方が良いと思うんだけど……。

その後も何度かチャレンジをしては断られ、アリアの瞳からついには涙が零《こぼ》れた。

とはいえ、さすがにしつこすぎるアリアの方に問題があるため擁護は出来ない。

――五歳児に泣かされる王国最強の騎士、という構図に関してはどうなんだろう？

「なあククル。一言、言ってくれるだけで良いんだぞ？」

「……アリアさんからは」

「うん……」

「下心が見える」

「くぅ――!?」

突然アリアが心臓のあたりを摑《つか》み、その場でうずくまる。

まるで鋭い一撃を受けた騎士のようだ。

もっとも、やられたことと言えばただ言葉の否定だけだが。

ククルは警戒心こそ強いが、慣れればそれなりに話は出来る。

実際、ワカ村でも村を出る頃には村人たちのことは慣れたらしく、怖がる素振りは見せなかった。

こうしてククルが厳しい態度を取るのは、今のところアリアに対してだけだ。

さすがに傷ついているのではないか、と心配に思う。

「アリア、大丈夫？」

「あ、ああ……いやかなり傷は深い。だがククルが抱っこをさせてくれたら治るかも」

「絶対に、いや！」

「くぅっ――!?」

「大丈夫そうだね」

なんだかんだ、この二人は楽しそうだなと思った。

「あ……」

不意に、ククルが窓の外を見て声を上げる。

「見えてきたね」

巨大な壁に囲まれた、巨大な都市。

騎士の国エルバルド王国において西方の守りの要――難攻不落の城塞都市ガーランド。

シリウスとアリアが生まれ、そしてこれからククルと共に過ごす街だ。

＊＊＊

戦いがあると騎士と冒険者が集まり、それを相手にする商人が集まり、そして人が流れてくる。西にある魔物が闊歩《かっぽ》する土地と隣接したガーランドは、危険と安心が交ざった不思議な魅力を持った巨大都市だ。

「うわぁ……」

大通りには常に人の動き、商売人たちの声が忙《せわ》しく飛び交っている。

子どもたちは笑いながら走り回り、昼間から酒を飲む冒険者の下品な笑い声と、井戸端会議をしている女性たちの声が響き渡っていた。

一部の喧嘩《けんか》をしている者たちには、騎士が近寄り厳重注意。

ワカ村のような閑静な村とは異なった賑《にぎ》やかな雰囲気に圧倒されて、ククルが目を回している。

「ここは相変わらずだね」

「ああ。私は堅苦しい騎士が集まった他の街より、この自由な雰囲気が好きだ」

「うん、俺も」

この地を治めているのはアリアの義父であり、他の街と違って冒険者にも過ごしやすい雰囲気がある。

シリウスは十歳のときに冒険者となるためこの街に流れてきたが、いろんな人に助けて貰《もら》った。

だから大きくなったら、自分が助けて貰った恩を返すのだと決めたのだ。

「それでは私は屋敷に戻る」

「アリア、今回は本当にありがとう」

「なに、貴族がした愚行は同じ貴族が裁かねばならないからな。それにシリウスが助けを求めるなら、私はいつだって駆けつけるさ」

その立ち振る舞いは騎士の中の騎士として、王国でも語られる麗しき令嬢。

自分はただ、幼いときに彼女の面倒を少し見ていただけだというのに、今でもこうして絶対の信頼を抱いてくれている。

「ククル、そろそろ一回だけ――」

「いや！」

「そうかぁ……」

がっくしと、肩を落としたアリアは、そのまま帰ろうとする。

あれだけ助けて貰ったのに、最後の別れがこれではどうにもかわいそうに思えてきた。

「ねえククル。一回くらい呼んであげたら？」

「えぇ……」

「アリアにはたくさん助けて貰ったしさ」

「……シリウスさんは、アリアさんと結婚したいの？」

「っ――!?」

その言葉に、二人のやりとりを聞いていたアリアが驚いた様子を見せる。

そしてそわそわと、緊張した面持ちでシリウスを見つめた。

当の本人であるシリウスは、なぜククルがそんなことを言うのかわからない。

とはいえ、答えは一つだ。

「あのね、アリアは大貴族の娘なんだ。俺みたいな一介の冒険者じゃ結婚なんて出来ないんだよ」

「うう——!?」

——いやしかし、シリウスならいずれ凄《すご》い功績を残して……そのときこそ……。

などと小さな声で呟《つぶや》いているが、シリウスには聞こえない。

しかし、しゃがみ込んだせいでククルとの距離が詰まった結果、彼女にはそれが聞こえてきた。

「アリアは大事な友人だから、いい人と結婚してくれたらいいなって思うけどね」

「ぐふっ——!?」

「そ、そっかぁ……」

どこまでも本心で語られるその言葉に、アリアはとどめを刺された。

まるで脈なしのように振る舞うシリウス。

さすがに少しかわいそうだと思ったククルは、半泣き状態のアリアに近づいていき——。

「お母さん、元気だして」

「っ——!?　あ、ああ！　もう大丈夫だククル！　これであと百年は戦える！」

「じゃあ次は百年後でいい？」

「出来れば頻繁に言ってくれると嬉《うれ》しいな！」

そんな掛け合いをして、ちょっと仲良くなったかな、とシリウスは嬉しくなった。

「シリウスさんのこと、これからも守ってくれるならたまには言ってあげても良いよ」

「ははは、ならまた言って貰えそうだ。なにせシリウスは強くないくせに、すぐ事件に首を突っ込んでトラブルに巻き込まれる男だからね」

「うん。なんか、そうっぽいよね」

二人はなにかが通じ合ったような雰囲気で、シリウスを見る。

理由が自分のことだと理解していない彼は、突然ジト目で見てくる二人に首をかしげた。

「……」

改めて、ククルは自分が爆弾のようなものだという自覚はある。

――ちゃんと離れないと、駄目だよね……。

自分がこれから独り立ち出来るよう、シリウスが動こうとしていることには気付いていた。

そしてそうなれるように、ククル自身も頑張ろうとも思っている。

しかし同時に、この小さな身体《からだ》と世界の常識すら知らない今、誰よりも信頼出来るシリウスから離れる不安もあった。

――でも、私が傍《そば》にいたらきっと迷惑かけちゃうもんね……。

「そんな心配そうな顔をするなククル」

そんなククルの不安な心情がわかったのだろう。

アリアがその小さな頭に手を置き、優しく撫《な》でた。

「シリウスは私が知る限り、もっとも強い男だ。だからきっと、全部うまくいく」

「ん……ありがとうアリアさん」

「お母さんと呼んでもいいんだぞ？」

「それはもう、いや！」

アリアの手を振り払い、シリウスの足にくっつく。

これ以上はもう、近づく気はありませんというアピールだ。

しかし甘えた少女の姿はとても愛らしく、大人二人は笑ってしまう。

そして二人は正面から見つめ合った。

「それじゃあシリウス。また……」

「うん。アリアが困ったことがあったら絶対に助けるから、なんでも言ってね」

「ああ、そのときは存分に頼らせて貰おう」

そうしてアリアが自分の屋敷へと戻っていくのを見送ったあと、シリウスは足にくっついているククルを見た。

「それじゃあ、俺たちも行こうか」

「うん……」

「……」

新しい人生が始まることにククルは不安だった。

それが伝わってきたシリウスは、彼女の手を握る。

「迷子にならないように、ね」

「うん」

「心配しなくても大丈夫だよ。この街の人たちは、みんな良い人ばかりだからさ」

不安だったククルだが、その優しげな笑顔を見上げて、つい思ってしまう。

――この人、無自覚な女たらしだ。

これはアリア以外にも、お母さん呼びを強要してくる女がいるかもしれない。

ククル本人もまだ自覚はしていないが、すでにシリウスのことを父のように思っており、周囲もそれを敏感に察知してくるだろう。

そうしてアリアのように、将を射んと欲すればまず馬を射よ、と言わんばかりに自分に迫ってくる者も現れるに違いない。

子どもという立場は近くにいる分にはいいが、守るということに関しては非常に弱いものだ。

これは気合いを入れなければと、ククルは握った手を少しだけ強く、絶対に離れないよう力を入れた。

＊＊＊

「うわぁ……」

アリアと別れてから ガーランドを歩いていると、ククルが瞳を輝かせながら声を上げる。

「楽しい？」

「うん……凄い！　本当にファンタジー世界だぁ！」

――旅で疲れただろうと思ったけど……。

これだけ喜んでくれるなら、と少し街を見て回ることにした。

「シリウスさん！　あれ、あれなに!?」

最初は恐る恐るという風だった彼女も、テンションが上がり、色々と質問してくるようになってきた。

シリウスにとって当然だが、彼女にとっては初めてのことばかりで、その姿は年相応で愛らしく、初めて世界を知った子どものようだ。

――そういえば、違う世界から来たんだもんなぁ……。

異なる世界、というのがどういう場所なのか知らないシリウスは、ククルの世界にはこんな大きな街はなかったのかもしれないと思った。

右に左に、幼い子どもがキョロキョロと興味を持つ仕草はとても可愛《かわい》らしい。

通りがけの人たちがほっこりしたようにククルを見ていることに、本人は気付いていないようだ。

「お、シリウスだ！　久しぶりだなぁ！」

「なにぃ？　おお本当だシリウスだ！　しばらく見なかったから心配したぞ！」

街を歩いていると、シリウスに気付いた冒険者二人が近づいてきた。

その瞬間、ククルが背中に隠れてしまう。

「やあイース、ちょっとクエストで怪我《けが》しちゃってね。そういえばニック、恋人出来たんだって？　おめでとう」

「おお、ありがとよ！　ところで、そのちっこいの――」

イースとニックが気になる様子でククルを見る。

シリウスからすれば慣れた冒険者仲間だが、彼女からすれば強面《こわもて》の男二人。

当然、見覚えのないククルのことを尋ねられ、シリウスは軽い経緯を話した。

依頼を受けていた森にいて助けたこと。詳しいことは聞かないで欲しい、と。

ククルの平民とはかけ離れた美しい見た目と、そのシチュエーション。

おおよそ誰もが同じような想像を巡らせるもので、二人は納得したように追求はしてこなかった。

また飲もうぜー、と笑顔で離れる二人を見送り、ククルを見る。

街を見ていたときに比べて、だいぶテンションが落ちてしまっていた。

「ああ見えて、優しい人たちだからさ」

「そうかもだけど……」

「まあ、少しずつ慣れていけばいいよ」

シリウスは再びククルの手を握る。

これならもう怖くないだろう、と意思を伝えると彼女はなにも言わずにコクリと頷《うなず》いた。

「ちょっとシリウス、聞いて頂戴よ。リーンったらまた別の男を寝取って……ってなにその子？」

「おやシリウス、めんこい子を連れてどうしたんだい？」

歩く、声をかけられる。歩く、声をかけられる。

ガーランドで冒険者をして十年。多くの人たちと関わってきた彼には、知り合いが多かった。

誰かと話すたびにククルのことを聞かれるので、段々シリウスの説明もスムーズになっていく。

そして、だいたい同じ想像をしてくれるので、それ以上の事情は誰も聞いてこなかった。

ただ最後に、誰もがみんなシリウスがなにか厄介事を引き受けたことを理解して、なにかあれば力になると言って去っていった。

「……」

「ね、いい人たちでしょ？」

最初の頃は誰かがシリウスに近づくと、びくっと怯《おび》えていたククルだが、それが十を超えるとさすがに呆《あき》れの方が強くなってきた。

「あのさ、シリウスさん……」

「ん？」

「どれだけ慕われてるの？」

老若男女、ありとあらゆる人たちが、シリウスを見つけると声をかけて笑顔で接してくる。

なんだこの人、魅了チートでも持っているんじゃないか？　と本気で考えてしまうほどの出来事に、ククルは思わずそう聞いてしまった。

「いやいや、そんな特別な力持ってないって。こんなに街を離れることってあんまりなかったし、みんな心配してくれてただけだよ」

「……自覚なしっぽいなぁ」

ククルが見た限り、心配の気持ちよりもシリウスに出会えたことを喜んでいるように思えた。

彼はC級冒険者。

この世界の環境を詳しくは知らないが、シリウスやアリアの話を聞く限り、その立場は決して特別なものでもない。

つまり、彼らは打算抜きでシリウスのことを慕っているのだ。

それがどれだけ凄いことなのかを、前世で人間関係において酷《ひど》い目に遭ってきたククルは知っていた。

「魔術の才能とか、前世の知識とか、加護とかそんなのよりも……」

「うん？」

「シリウスさんの方がずっと凄いと思う」

よく考えれば、彼のことを慕っているアリアは養子とはいえ侯爵令嬢であり、この国最強の騎士の一人。

もし魔王を討伐する勇者の物語だったら、どう考えても主人公かその仲間やヒロイン候補ではないか、とククルは思う。

そんな人物に手紙一つで来て貰って貴族を倒して貰うなど、尋常な信頼っぷりではない。

きっとシリウスは、無意識のうちになにか彼女たちが信頼するような行動を取ったのだ。

そして今、それらが戻ってきている。

それは神様から貰ったチート能力などよりもずっと凄いものじゃないか、とククルは思った。

「シリウスさんは、本当に凄い」

繋《つな》いでくれる手は温かいし、とは恥ずかしいので言わないでおく。

「そんなことないと思うけどなぁ……と、冒険者ギルドが見えてきたよ」

「ん……」

ククルはそれを見た瞬間、身体が固まる。

――だって絶対、怖い人いるもん。

多くの人に声をかけられて多少慣れてきたとはいえ、強面の男たちが集まる恐怖の巣窟。

ネットで読んだ異世界小説では、必ずなにかトラブルが起きる場所。

ククルは気合いを入れて、身体を震わせるのであった。

――なんでこの子、こんなに緊張してるんだろう？

そう思いながら、まるで家に帰ってきたかのように、自然と扉を開けて中に入る。

「ただいま」

「ん？　おぉい！　シリウスが帰ってきたぞぉ！」

「貴族相手に大立ち回り！　くっそぉ俺も行きたかったぜぇ！」

「次は俺たちも呼べよ！　お前のためなら王国にクーデターだって起こしてやるからよ！」

冒険者ギルドに入ると、ワカ村に来られなかった冒険者たちがシリウスの無事な姿を見て和気藹々《あいあい》と声をかけてきた。

――間違いない、シリウスさんは魅力チート持ちだ。

ククルはそう確信した。

そうでないと、如何《いか》にも山賊とかしてそうな人たちがシリウスのためにクーデターを起こすとか言わない。

もちろん普段の行いの結果でしかないのだが、ククルにはもうそうとしか思えないほど、シリウスは街の人間に慕われていた。

「なんだぁ？　そいつはそんなに強ぇのかぁ？」

そんな中、ギルドの酒場の奥からのしのしと、山賊の頭領のような男がやってきた。

グラッドよりも一回り大きく、いかにも強そうだ。

シリウスのことを不機嫌そうに見て、親しみを持って接してくる冒険者たちとは雰囲気も違っていた。

「新しい冒険者？」

「おう。東の方から来た奴《やつ》でな。Ａ級冒険者らしいがグラッドがいないもんだから、調子に乗ってんだ」

こっそりシリウスが尋ねると、近くにいた人がそう教えてくれる。

冒険者の中で、喧嘩は日常茶飯事だ。

彼の足下にはディーンを含めてＣ級以下の冒険者たちが倒れていて、どうやら暴れた後らしい。

「おいおい！　ここは最強の冒険者が集まる街じゃなかったのかぁ!?　なんだこの子ども連れはよお！　冒険者を舐《な》めてんのかぁ!?」

だいぶ酒が回って酔っているのか、男は顔を赤くしたまま嗄《か》れた声で叫ぶ。

「つたく、これじゃあせっかくこのバクザン様が来た価値もねぇなぁ！」

バクザンと名乗った冒険者は、ゲラゲラと周囲を馬鹿にしたように笑う。

それに対してシリウスは少し困った様子を見せる。

「ちょっと飲みすぎだと思うよ」

「なにぃ？」

「ガーランドの冒険者をあんまり舐めない方が……」

そう忠告をしている最中に、彼は背中に背負った大剣を地面に叩《たた》きつける。

シリウスの足下が壊れて、木造の床が細かい破片となって周囲に飛んだ。

「俺はバクザン様だぞ！　舐めた口きいてんじゃねぇ！」

威嚇をするように大きく叫ぶが、シリウスからすればそんなものは日常茶飯事で、怖いなんて思わなかった。

むしろ、残念そうな表情で肩を落とすだけ。

「あぁ……やっちゃった……」

なぜなら、ギルドの床を壊した瞬間、ガーランド冒険者ギルドの中で決められた制約が解禁されてしまったからだ。

「はーい、それじゃあこいつは俺がやりまーす」

「いやいや！　久しぶりに見た馬鹿だ！　俺にやらせてくれ！」

「おい待てよ！　ここはこの中で一番弱い俺が先だろ！」

我先に、と手を挙げ始める冒険者たち。

つい先ほどまでシリウスを囲っていた『B級冒険者』たち。

「あ、なんだお前ら……？」

異様な空気に、バクザンが訝《いぶか》しげな声を出す。

挑発をしても喧嘩を買ってこなかった軟弱者ども、と思っていた彼らの雰囲気が一変して、戸惑ってしまったのだ。

シリウスはバクザンに説明をしようと思ったが、それよりも少し怯えているククルに話すのが先かと声をかける。

「……シリウスさん、これどういう状況？」

「えーと、まずこのガーランドの冒険者ギルドって、他の都市よりも冒険者が強いんだ」

たとえば、地方貴族の雇う騎士程度であれば、一蹴出来てしまうほどに。

「で、ここより西は魔物が溢《あふ》れる地域だから、必然的にランクの査定も厳しくなっちゃうんだよね」

アリアやその部下たちにこそ負けたが、あれは相手が悪い。

なにせ王国でも随一の強さを誇り、騎士の中の騎士と謳《うた》われているほどだ。

そんな相手でなければ並の騎士には負けない、どころかガーランドでB級冒険者になれるなら『実力だけなら』どこでも騎士になれるはずだった。

――まあ、それでも冒険者をやってるってところが結構問題ではあるんだけど……。

そうしてじゃんけんで勝った冒険者の一人が、バクザンと向き合う。

彼は自分が馬鹿にされているのがわかったのだろう。

顔を真っ赤にして、対峙《たいじ》する相手を睨《にら》んでいた。

「あとこのギルドのルールで、自分より弱い相手には喧嘩を売ったり買ったりしちゃいけないってのがあるんだけど……ギルドを傷つけたらそれも解禁されちゃうんだよね」

冒険者はバクザンが振るった大剣を避《よ》けると、そのまま拳で殴った。

顔面に入り、バクザンが倒れる。

最初の一撃でもう動けなくなっているのだが、冒険者は止まることなく連撃を加え――。

「バクザンはA級冒険者だって話だけど、ここだとC級って感じかなぁ……」

やれやれー、と囲っているのはこの都市でB級になった冒険者たち。

他方ではS級として活躍出来る猛者であり、それだけの実力を持ってなおその人間性の危険さによって騎士になれなかった経緯がある。

つまり、制限がなければ本当に暴力に躊躇《ためら》いもないような危険性を秘めた、普通より少し柄の悪い冒険者たちだった。

「な、なるほど……あれ？　じゃあ実はシリウスさんも実は凄い強い？」

「いや、俺はどっちかっていうと採取とか街の手伝いとか、そういうクエストを数こなして昇級してきただけだから、普通のC級くらいかな」

「そっかぁ」

――まあそんな強さがなくても、十分チートだよね。

と先ほどその『強い冒険者たち』に囲まれていたシリウスを思い出し、ククルは呆れてしまうのであった。

「それじゃあ、俺が普段からお世話になってる人のところに行くから、挨拶してね」

「うん」

そうしてククルが連れてこられたのは、ギルドの受付。

そこで笑顔で待つ女性を見上げたククルが最初に思ったことは――。

――どこがとは言わないけど、大きい。あと美人で多分落とされた後だ。

それがエレンを初めて見たククルの感想だった。

「お帰りなさいシリウスさん」

「ただいま、エレンさん。相変わらずここは騒がしくて楽しいね」

シリウスの言葉に困ったような笑みを浮かべたエレンは、彼と手を繋いでいる少女を見る。

「その子が報告にあった少女ですね」

「ククル、挨拶出来る？」

「……ククル、です」

「はい、私はエレンです」

警戒しているククルに対して、エレンは受付嬢らしく柔和な笑みを浮かべる。

先に戻ったグラッドたちによってククルの存在は伝わっていたので、エレンはきちんと事情を把握していた。

「身寄りがないのであれば、教会に預けることになりそうですね」

「うん。とりあえず明日、行ってみるつもり」

「え？　あ……」

「ん？」

シリウスの言葉に、ククルは自分が声を出したのだと気付いて手を押さえる。

彼女自身、覚悟を決めていたはずなのだが、思わず出てしまったのだ。

――シリウスさんにこれ以上、迷惑をかけちゃ駄目だもんね……。

ククルの内心として、教会に預けられるというのは、とても不安なことだった。

シリウスの知っている場所で、アリアが育った場所なのだからきっと良いところなのだろう。

そう言い聞かせてきたが、知らない世界に来て、知らない人たちに囲まれるのを良しと出来るほど、ククルのメンタルは強くなかった。

「え、へへへ……」

「……」

「……」

ククルは心配かけまいと乾いた笑みを浮かべる。

しかしそれは、シリウスやエレンから見たら子どもが思いきり我慢しているようにしか見えず、痛々しい姿だった。

「あの、シリウスさん……もう少し一緒にいてあげたらどうですか？」

さすがにかわいそうだと、エレンがフォローを入れる。

「でも、俺は冒険者だし……一緒にいられる時間もあんまり取れないから……」

「大丈夫ですよ。魔物退治以外にも、この街にはシリウスさんに依頼したい人は山ほどいますし、いざとなったらギルドで預かりますから」

「……」

シリウスは思わずククルを見る。

どこか期待するような、同時にそれを表に出さないようにしないといけないと、我慢するような表情。

――まだ、子どもだもんなぁ……。

シリウスは思わず自分が両親を亡くしたときのことを思い出す。

たった一人残された家に座り込み、誰も信じられなかった。

ギルドの計らいで教会に入れて貰うことも出来たが、それよりも冒険者として一人で生き抜くことを決めた。

誰かに頼りたくない、という気持ちもあったが、それ以上に――。

――誰かに頼ることが、怖かった……。

大人になった今、子どもにそんな思いをさせたくないなと、シリウスはククルと目線を合わせるようにその場にしゃがみ込む。

「……ククル」

「だ、大丈夫。私、ちゃんと教会に行っても良い子にするから――」

「もし君が嫌じゃなかったら……俺ともうしばらく一緒にいよう。そうだね、もっと街に慣れて、人に慣れて、それで落ち着いたらまたそのとき考えたらいいさ」

「っ――!?」

シリウスがはっきりそう言うと、ククルは引き攣《つ》っていた笑みを驚愕《きょうがく》の表情に変える。

そして一度顔を伏せたあと、ゆっくりとシリウスを見上げた。

「……一緒でも、いいの？」

「うん。あんまり贅沢《ぜいたく》とかはさせてあげられないけどね」

その瞬間、ククルはシリウスに抱きつく。

シリウスはそれが返事だと理解し、ククルをそのまま抱き返した。

＊＊＊

しばらくそうしていた二人だが、周囲の目があることに気付いたククルが恥ずかしがって離れてしまう。

本人は意図していないだろうが、それが妙に子どもらしく、愛らしい。

「良かったわねククルちゃん」

「……エレンさん」

カウンターから出てきたエレンが、先ほどシリウスがしたように、母性溢れる笑みでククルと向き合う。

「……もし寂しかったら、私のことはお母さんって呼んでも良いのよ？」

「シリウスさんがいるから寂しくないし大丈夫！」

ククルはエレンから顔を背け、シリウスの背後に隠れてしまう。

――ま、まだ焦るタイミングじゃないから。これから仲良くなっていけばいいのよ。

お母さん呼びを拒否されたエレンはショックを受けている様子でそう呟いた。

アリアもそうだが、ククルには保護欲を駆り立てるなにかがあるのだろうか？　とシリウスは思ってしまう。

――二人には悪いけど……。

自分のことを一番に信頼してくれているのは、素直に嬉しく、つい笑みが零れてしまう。

「ねえシリウスさん。エレンさんのこと好き？」

「っ――!?」

突然の言葉に、エレンが驚いたように見る。

そしてすぐに、シリウスのことを窺《うかが》うような表情をし、そんなことに気付いていないシリウスはというと――。

「うん、好きだよ」

「ほ、本当に!?　実は私も――」

「優しくてお姉さんみたいに思ってるんだ」

「好――ん、んん！」

一瞬焦ったエレンだが、彼が自身に恋愛感情を抱いていないことがわかって言葉を止める。

シリウスはそんなことには気付かず、ククルに優しい表情を向けた。

「だからククルもあんまり警戒しないで大丈夫だからね」

「なるほど……」

「ククル？」

「うん、わかった。エレンさん、これからもお願いします」

天使のような笑顔を見せるのは、まだ彼女がシリウスの女でないとわかったから。

それを同じ女として理解したエレンは、若干引き攣りながらも笑みを返した。

――まったく、この人は……。

この誰よりも優しく自分に笑ってくれる男性は、どうにも人が良すぎる。

別に自分はシリウスのお嫁さんになりたいわけでもないし、アリアにしてもエレンにしても、認めないと思っているわけではない。

シリウスが幸せになるなら、誰と恋仲になっても構わないとすら思っていた。

――だけど、この人が幸せになれる人かどうかは、しっかり見極めないと。

すでにファザコンのようになっている自覚のない少女は、内心でそう決意していた。

そう、シリウスは優しすぎるから、これから出会う人に騙《だま》されてしまうかもしれないので、そこは自分が守るのだと意気込んでいるだけなのである。

「ところでエレンさん、さっきなにか言いかけてませんでしたか？」

「ううん。私もシリウスさんのことは弟みたいに思ってるし奇遇ね、って言おうと思っただけよ」

「そうですか！」

心の中で涙を流しているエレンだが、反対にシリウスは嬉しそうな表情。

さすがのククルも、これには少しだけ同情した。

――とりあえず、この人はアリ寄りにしておいてあげよう。

今のところアリアさんの方が上だけど、と心の中で付け加えて――。

第五章　ガーランドの日常

城塞都市ガーランドは冒険者や商人が多く集まるため、宿泊場もかなり多い。

トップクラスの冒険者であれば家を持つが、普通は宿住まいとなるため、冒険者たちにとって宿選びというのはとても重要だ。

東西南北で特色のある街の中、西側は飲み屋や夜の店が多いこともあり治安が悪く、冒険者的に好まれる地域なのだが客層はあまり良くない。

シリウスの住む宿はガーランドの中で最も治安の良い南側にあり、冒険者になってから十年使い続けていることもあって家みたいなものだった。

＊＊＊

夕暮れ時、そろそろ夜が来ようとする時間に、一軒の宿に明かりが灯《とも》っている。

周囲に人の姿はなく、しかし宿の中からは騒がしい声が響いてきてとても楽しそうだ。

「あそこが俺の泊まってる宿だよ」

「うん……」

疲れた様子だったククルを抱きかかえ、シリウスは自分の住んでいる宿を指さす。

少し眠そうな返事だが、しっかり起きているようだ。

『マリエール』と看板が立てられたそこは、この街では珍しくもない宿場と酒場が一体化している宿である。

ただし店主の方針でウリは存在せず、飲んで寝て騒ぐための場所だった。

「ただいま、マリ姉」

「んー？　あらぁ、シリウスちゃん！　お帰りなさいー！」

どてどてと、木製の地面を踏み潰すように近寄ってくるのは、シリウスよりも頭二つは大きな女性口調の男性。

鍛え上げられた筋肉は膨れ上がり、その上からエプロンを着けた紫色の髪をした彼の名はマリー。

このマリエールの店主であり、ここの住民は彼のことをマリーちゃん、またはマリ姉と呼ぶ。

「大きな怪我《けが》をしたって聞いたけど、大丈夫なの？」

「うん、色々とあったけど、もう大丈夫だよ」

「そう。なら良かったわぁん。それで、その子が噂《うわさ》の……？」

どうやら事前に誰かから聞いていたらしく、ククルのことを知っている様子だ。

とはいえ、ちゃんとシリウスから事情を聞きたいだろうと、説明するためククルを降ろそうとするが、彼女はまるで動かない。

「ククル？」

これまでであれば自発的に降りようとしてくれたのに……と思ってみると、ククルは目を丸くして固まっていた。

「どうしたの？」

「……」

シリウスの言葉にも反応なく、ただじーっとマリーを凝視するだけ。

「あら可愛《かわい》い子」

「……きゅう」

そうして、目を回しながら眠ってしまう。

「疲れてたのかな？」

「そこでそう言えるのはシリウスちゃんの良いところよねぇ」

「え？　なんで？」

「なんでもよぉ。ほら、部屋はちゃんと掃除してあるから、その子を寝かしてきてあげなさい。そしたら一杯やりましょ」

なぜか機嫌が良くなったマリーに疑問を覚えつつ、ククルを自分の部屋で休ませたシリウスは、再び階下の酒場に向かう。

カウンターの奥ではマリーが酒の準備をしており、冒険者たちはまばらに座って飲んでいた。

ガヤガヤと喧騒《けんそう》に満ちているが、この雰囲気は結構好きで心地好ささえ感じてしまう。

「それで、大変だったみたいね」

「あれ、誰かから聞いたの？」

「うふふ、秘密よぉ。乙女はね、秘密が多ければ多いほど魅力的になるんだから」

そうしてしばらくお互いの近況を話し合い、そういえばとシリウスは懐からお金を取り出した。

「これからククルも一緒に住むから、その分を支払うよ」

正直言って、C級冒険者であるシリウスに二人分の宿代は中々厳しいものだ。

とはいえ、十年住んでいるこの宿を今更変えたいとは思わない。

――しばらくは貯金を崩す生活になりそうだなぁ。

そう思っていると、マリーはそっと出したお金を返してくる。

「マリ姉？」

「いいのよ。どうせ部屋の数は変わらないんだから、一人分で十分」

「え。でも……」

「あの子、訳アリでしょ？」

「……」

訳アリ、といえばそうだろう。

だがしかし、それを認めたいとはシリウスは思わなかった。

彼にとってククルは、当たり前に笑い、泣き、喜ぶ普通の女の子だったから。

「そこでなにも言わないシリウスちゃんは、本当にいい男。ただまあ、一瞬だけしか見えなかったけど、あの子の瞳には凄《すご》く深い闇が見えたわ」

「わかるの？」

「ふふふ、男も女も知り尽くしたマリーちゃんを舐《な》めて貰《もら》っちゃ困るわねぇ」

男で生まれ、しかし心は女であるマリーはウィンクを一つ。

「マリ姉……」

「あんな天使みたいに可愛い女の子に、闇なんて抱えさせちゃダメよ」

だから、とシリウスが取り出そうとしたお金をそっと押し返す。

「シリウスちゃんは、ただひたむきにあの子と向き合ってあげなさい。そのために障害があるなら、私たちが味方になってあげるから」

「……ありがとう。やっぱりマリ姉は格好良いや」

「うふふー。そこは可愛いって言って欲しいわねぇ……」

マリーは自分で入れたエールを一気に飲み干すと、ガンッと勢いよくジョッキを置いてドスの利いた声を出す。

「男ならよぉ！　女一人守ってみせな！」

突然の豹変《ひょうへん》に、一部の客たちが驚いた顔をする。

しかしシリウスやこの店の常連たちは、これがマリーの一番気合いを入れた応援だということを知っていた。

「もちろん」

シリウスも渡されたエールを一気に呷《あお》る。

それを見たマリーは、普段通りの笑顔に戻った。

「ま、慣れないことで大変でしょうけど、頑張りなさい」

そうして新しいグラスを用意され、再び乾杯しようとした瞬間――。

――イヤァァァァァァ!?

上階から少女の甲高い悲鳴が聞こえてきた。

「ククル!?」

シリウスが慌てて部屋に入ると、布団を被《かぶ》りながら泣いている少女。

「あ……お父さん!?　おとうさんおとうさんおとうさん！」

シリウスの存在に気付いた瞬間、彼女は慌てた様子で抱きついてくる。

ククルは声が嗄《か》れてもお構いなしに、何度もお父さんと呼び続ける。

その悲痛な声に、彼女の持つ過去のトラウマがよほど深いものなのだと、シリウスは感じた。

「ほら、大丈夫。俺はここにいるよ」

そんな彼女をシリウスは抱き寄せて、ただ優しく背中を撫《な》でてあげた。

「ぅ……ぅ、ぅ……おとう、さん……」

しばらくし、嗚咽《おえつ》とともに声が小さくなり、少し落ち着きを取り戻してきたのだとわかる。

「大丈夫？」

「……うん」

その声とともに一度身体《からだ》を離してみると、彼女の宝玉のような瞳は充血し、目の周りは腫れていた。

もう一度抱きしめてから、ククルとともにベッドの横に座り、小さな頭を優しく撫でてあげる。

「怖い夢でも見た？」

「……昔の夢」

「そっか」

シリウスは深くは聞かず、ただ彼女の言葉に対して相づちを打つだけ。

「学校、いやだった」

「うん」

「お母さんが連れてくる人、怖かった」

「知らない大人がいきなり近寄ったら、怖いよね」

ぽつぽつと語るククルの言葉の内容は、シリウスに理解出来ないものだ。

それでも疑問は挟まず、ただ聞き続ける。

ククルが今求めていることは、内容を理解して貰うことではなく、自分が傍《そば》にいることなのだとわかっていたから。

「それで……」

ククルの声がだんだんと小さくなる。

頭もゆらゆらと揺れて、だいぶ眠気がきているらしい。

「っ――」

慌てて顔を上げて、眠りませんよとアピールをするが、すぐにまた身体は船を漕いだ。

多分、ここで寝たらまた怖い夢を見るとでも思っているのだろう。

「ククル、俺も眠くなってきちゃったよ」

「え……」

「だから、今日は手を握って一緒に寝よう」

シリウスがそう言うと、彼女は自分の小さな手を見る。

この宿のベッドは元々二人が寝られる程度には大きめに作られていて、狭さはない。

横になり、ククルを迎え入れるように隙間を空けた。

「……また怖い夢見るかも」

「俺が傍にいるから大丈夫」

「……本当に？」

「うん。ククルが寝て、朝起きるまでずっと一緒にいるよ」

そこまで言って、ようやくククルはホッとした顔をした。

シリウスが空けた場所にすっぽりと収まる、彼女は逃がさないと言わんばかりに腕に抱きついた。

安心したからか、泣き疲れていたからか、ククルはあっという間に寝息を立てる。

「お休み」

＊＊＊

ふと、シリウスが目を覚ます。

窓の外は暗く、まだ深夜の時間帯だとわかる。

腕には変わらず、穏やかな寝息を立てるククルがいて、子ども特有の温かさが伝わってきた。

「お父さん、か」

ククルのぷにぷにとした頬を突《つつ》いてみると、ほんの少しだけ顔を歪《ゆが》め可愛い感じに身じろぎ。

それでも絶対に離さない、という強い意志は感じた。

これだけ信頼されているのは嬉《うれ》しいことだ。

同時に、責任も少し感じている。

強い力を持っていることを下手に利用されないよう、アリアが近くにいた方がいいと思ったからここまで連れてきた。

しかし人を恐れている彼女は、ワカ村のような閉鎖的な空間にいた方が良かったのかもしれないと今更ながらに思う。

彼女が保護を求めてきた自分は、特別な力など持っていないのだから……。

「せめて、この世界のことを教えてあげよう」

元々十五歳の知識があり、たとえ強大な魔力を持っていても、身体はとても小さい。

この子がこの世界に馴染《なじ》み、そして多くの選択が出来るようになるまでは、自分が近くにいようと思う。

「……親代わり、と言えるほどのことじゃないけど」

幼い頃に魔物に両親を殺されて、天涯孤独となったシリウスは、その温《ぬく》もりをもう覚えていない。

両親との思い出は曖昧で、ただどちらも優しかったことだけは覚えていた。

そう思いながらシリウスは再び目をつむる。

次起きたら、ククルにこの街を案内してあげようと、そう思いながら——。

＊＊＊

翌日、シリウスが目を覚ますと、ククルが先に起きて目の前にいた。

「……ククル。どうしたの？」

身体の上に乗り、どアップにいる彼女が自分の頬をぺちぺちと叩《たた》く様は、構って欲しいという意思表示か。

ただどうやら本当に起きたのは予想外だったらしく、目を覚ますと同時にびっくりした顔をして固まっていた。

「うん。とりあえず降りて貰ってもいいかな？」

いそいそと、ククルが降りたので身体を起こすと、太陽は昇ったらしく部屋は明るい。

「お、おと……」

「ん？」

「おはよう！」

なにかを言いたげなククルを見ていると、彼女は顔を真っ赤にしてから大きな声を出す。

「うん、おはよう」

ただの朝の挨拶。

それでも今のククルにとって、まだ気合いを入れなければならないものだったのだろう。

シリウスは微笑《ほほえ》みながら、挨拶を返す。

「それじゃあ、顔を洗いに行こうか」

「う、うん！」

まだまだ慣れない様子だが、自分たちの距離はこんな感じでいいのかもしれない。

そう思いながら、ククルと一緒に動き出した。

朝食を取ろうと、階下の食堂に顔を出す。

朝と言ってもこの宿に泊まっているのは変わり者が多く、一部の冒険者たち以外はいなかった。

そして厨房《ちゅうぼう》に顔を出すと、マリーが元気に手を上げた。

「おはよぉシリウスちゃん」

「うん、おはようマリ姉」

「そ・れ・と……」

シリウスと手を繋《つな》ぎながら、おどおどした様子のククルを見て、ニヤリと笑う。

驚いたククルは、昨夜のように気絶することこそなかったが、シリウスの背中に隠れてしまう。

「昨日はちゃんと挨拶出来なかったわよねぇ。私はマリー。気軽にマリーちゃんとでも呼んで頂戴」

「は、はい……マリーちゃん」

「マリ姉は昔から俺の面倒とかも見てくれて、俺にとっては姉みたいな人なんだ」

「まだシリウスちゃんがこんな小さいときから見てたのよぉ」

それを聞いたククルは、少し驚いたあとに前に出る。

シリウスの大切な人に失礼な態度を取ってはいけないと、そう思ったらしい。

「お、お願いします……」

まだ怯《おび》えた様子は隠せないままだが、それでもちゃんと視線を合わせてからお辞儀。

「かぁわぁいぃぃぃ！」

「ひうっ――!?」

突然の大声に驚き、ククルが再びシリウスの背中に隠れる。

「ああ、驚かせてごめんなさいねぇ」

「ひゃ、ひゃいじょうびゅでしゅ……」

もはや舌が回らなくなった状態だが、なんとか必死に大丈夫をアピール。

もっとも、端《はた》から見たらまるで大丈夫ではないのだが。

「ねえシリウスちゃん。この子可愛すぎるからお持ち帰りしても良いかしら？」

「お持ち帰りもなにも、ここが家だよ」

そんな朝のやりとりをしながら、一緒に朝食を取り始めた。

＊＊＊

城塞都市ガーランドはかなり人口が多い。

大都市らしく大きな道が広がっているが、午前中は仕事場に向かう人や、商店の呼び声などが飛び交い、凄い喧騒で歩くのも大変なくらいだ。

逸《はぐ》れないように手を繋ぎながら歩くと、シリウスの知り合いが再び声をかけてくる。

それを見上げたククルは、この人は魅力チートを持っているに違いないと、再び思っていた。

「今日は一緒にお仕事しようか」

「私も一緒で良いの？」

「うん。街で困ってる知り合いの依頼を受けていくだけだからね」

シリウスが依頼書を受け取りに行くと、昨日は居なかった冒険者たちがシリウスに絡み、楽しそうに笑い合う。

ククルの知識ではここで嫌がらせだったり、馬鹿にされたり、悪いことをされるのにと思った。

いかつい身体をした目つきの悪い冒険者たちがシリウスと喜び合う様は、初めて見る者にとっては異質としか言えない。

どうやら自分の持っている異世界的な常識は、魅了チートの前には無力化されるようだ。

「お父さんって、実は神様に会ってチート貰った？」

「神様に会ったことないなぁ」

――この人は、いったいどんな人生を歩んできたのだろうか。

人間関係で酷《ひど》い目に遭ってきた身なので、とても気になってしまう。

「……私、シリウスさんみたいになりたいな」

「うん？　まだなにも仕事とかを見せられてないけど……？」

シリウスは少し不思議そうな顔をする。

それが面白くて、ククルはつい笑ってしまう。

「もっと人に慣れて、色んな人と笑い合えるようになりたいの」

「……そっか」

シリウスが頭を撫でてくる。

今のククルからすれば、大人の手というのは大きく怖いものだ。

だがシリウスのそれは、なぜか優しく、触れられると嬉しいものだった。

＊＊＊

ギルドでいくつかの依頼書を受け取ったシリウスが最初に向かったのは、街の外れにある古びた家だ。

周囲には家がなく木々に囲まれていて、街の中とは思えない静寂さ。

レンガの壁に、煙突からは黒い煙が揺らめいていて、まるでお伽噺《とぎばなし》に出てくる魔女の家のようだ。

シリウスが慣れた様子で鐘を鳴らしてしばらく、中から魔女らしい風貌の老婆が現れる。

「ラーゼ婆《ばあ》さん、久しぶり」

「ほぉ、シリウス。ちゃんと生きておったか」

「ギルドに連絡はしてたよ」

ラーゼ婆さんと呼ばれた老婆はシリウスの足下にいるククルを見る。

一瞬目を丸くして、シリウスを軽く睨《にら》んだ。

「またずいぶんと変わった子を連れてきたもんだ」

「やっぱりわかるの？」

「ま、普通じゃないってことくらいはね。とりあえず中に入りな」

中に案内されると、奥から硫黄のような異臭が漂ってきて、ククルが鼻を押さえながら少し目を細める。

シリウスはこの匂いに慣れてしまったが、初めてのときは自分もこんな顔をしたなと思い出した。

「さて、それじゃあいつも通り家の掃除をして貰おうか。わかってると思うが、奥の部屋にある物は触れたら駄目だからね」

それだけ言うと、彼女は奥へと引っ込んでしまう。

シリウスたちがラーゼ婆さんの家にやってきたのは、家の掃除という誰でも出来そうな依頼のためだった。

「部屋の掃除も、冒険者のお仕事なの？」

「そうだね。と言っても、普通は冒険者見習いがやるような仕事だけど」

一瞬、シリウスは奥の部屋を見る。

「ラーゼ婆さん、なんでか未だに俺を指定するからさ。昔からクエストから戻ってきたらやることにしてるんだ」

「なぜか――？」

もはや理由など聞く必要もないだろう、と言いたい気持ちがククルにはあった。

誰がどう見ても、頑固で融通の利かなそうな雰囲気を持ったお婆さんすら懐柔したのだこの人は、と思っても言わないのだ。

「もう八十も超えているし、あんまり散らかすと危ないんだけどなぁ」

床には読み終わった本や飲みかけの瓶などが散乱しており、埃《ほこり》も中々のもの。

年齢を考えれば、足を引っかけて転んだだけで重傷になりかねない。

「さ、それじゃあ始めよう」

シリウスはそれを一つ一つ拾っていくと、まずはゴミとゴミじゃない物に分類していく。

そして纏《まと》め上げたゴミは一度外に持っていき、必要な物を今度は再分類。

もはやその動きはとても慣れたもので、冒険者というよりはベテランの家政婦のようだ。

ククルも手伝いをしているが、とても彼の動きにはついていけそうにない。

「よし、それじゃあこの本は本棚に並べて……」

物を動かすのはシリウスがやり、空いた床をククルが綺麗《きれい》に拭いていく。

すぐに黒くなってしまう雑巾を何度も水で洗いながら、ククルは疑問に思ったことをシリウスに尋ねた。

「どうして冒険者が掃除をするの？」

「え？」

「見習いでも、冒険者だったら外に出て冒険しないのかなって」

「ああ。なるほど」

ククルの疑問はもっともだ。

そもそも、部屋の掃除などをするのを仕事にするのであれば、最初からそういう仕事をすればいい。

わざわざギルドを通しているということは、仲介料だって取られているのだから冒険者になってまでしなくてもいい、と思っても仕方がないだろう。

「見習いにとって、こういう仕事はとても大切なんだよ」

「家の掃除が？」

「うーん、というよりは……」

シリウスがなにかを言おうとしたとき、部屋の奥からラーゼ婆さんがやってくる。

彼女の手には液体の入った容器があり、なにも言わずにそれを空いたテーブルの上に置いてククルを見た。

「お前さん、魔力を全然制御出来ておらんだろ？　それだと他の魔術師たちに喧嘩《けんか》を売ってるように見えるからね。これでも飲んで落ち着かせな」

「え？」

ククルが疑問を挟むより早く、ラーゼ婆さんは再び奥の部屋へと戻っていく。

残されたのは、薄黄緑色の液体だけ。

「それ、ククルにだって」

「あの、えっと？」

「多分、部屋の奥から真面目に掃除をしていたか見てたんじゃないかな」

そうしてシリウスは、なぜ見習い冒険者が雑用から始めるのかを説明し始める。

「元々、冒険者の死亡率は凄く高かったんだ。いくらギルドが等級を定めても、上げるだけなら無茶なやり方も色々とあるからね」

「他の冒険者に手伝って貰うとか？」

ククルの言葉にそうだね、とシリウスは頷《うなず》く。

「それに見習いは日々の生活を過ごすだけで精一杯だから、まともな装備を整えることも出来ないし、まあ中々大変だったみたいだよ」

「……それと、雑用をやることとどう繋がるの？」

「今、ククルはそのポーションを貰ったでしょ？」

「……あ」

つまり街の住民の雑用をすることで、本来新人では整えられない装備を整えることが出来る、ということだ。

「あとは単純に、街に知り合いが増えたら帰属意識も高まって死ににくくなるとか、元々粗暴な冒険者の性格が矯正されるとか、街の治安も良くなるとか、色々とメリットはあったらしいよ」

「へぇ……」

なるほど、とククルは思った。

シリウスの言葉は、なんとなく漫画で見た割れ窓理論に近いものがあるな、と理解したのだ。

「俺が冒険者になって少ししてから出来た流れみたいだね」

「なるほど」

そして今の一言で、ククルは完全に理解した。

この流れを作ったのはこの人だ。

彼が率先して見習いのときに街の住民たちとコミュニケーションを取りながら、色んな物を貰ってきて、これは使えるとギルドの上役が作った流れに違いない。

ギルドは粗暴な冒険者を大人しくさせられる。

街の住民は低予算で雑用を任せられ、街の治安は良くなる。

冒険者は死亡率が下がり、安全に準備に力と経験を蓄える余裕が出来る。

「さすがシリウスさん。やることとやってるね」

「この話をしたとき、アリアも同じことを言ったんだけど、俺関係ないよね？」

「そう思ってるのは多分、シリウスさんだけだよ」

ただ親切に行動していただけで、街一つの在り方をここまで変えてしまうあたり、神に愛された人だと思った。

あとアリアもその認識は持っているらしいとわかって、少し仲間意識が強まり好感度がアップしていた。

ククルの意味深な言葉が、シリウスにはわからない。

だがなぜか機嫌良くなったククルに対して、まあいいかという気分になる。

＊＊＊

最初はゴミ屋敷といっても良かった家も、一気に片付き綺麗になった。

大人であり、冒険者として体力があるシリウスはともかく、子どものククルには中々の大仕事だったようで、だいぶ疲れた様子だ。

「お疲れ様」

「疲れたよー」

珍しく素直に弱音を吐くククルに、少し笑ってしまう。

地面に散乱していた本は本棚に、ゴミは一カ所に纏めたのでまた後日、専門業者が持っていく手はずになっている。

天井から埃を叩《はた》き、最後は床を濡《ぬ》れた布巾で拭いて、最初のゴミ屋敷が嘘《うそ》のように綺麗になった。

「うん、これなら一ヶ月は持ちそうだ」

「え？」

聞き間違いか？　とククルが見てきた。

「まあラーゼ婆さんは結構すぐに汚すから」

「いや、一ヶ月でさっきのレベルまで汚すのは普通じゃない……」

「誰が普通じゃないだって？」

「ひぇ!?」

部屋の奥からラーゼ婆さんがやってくる。

若干睨みをきかせているのはシリウスからすればいつも通りなのだが、ククルには刺激が強いらしく背中に隠れてしまった。

ラーゼ婆さんはあちこちを見渡し、窓の近くを指で触れる。

「ふん、相変わらずケチのつけどころのない仕事で面白くない」

「もう十年やってるからね。慣れたもんだよ」

「まったく、もうそんなになるんだねぇ」

やれやれ、とラーゼ婆さんは懐から追加のポーションを取り出した。

「ん？　俺はもう見習いじゃないし、そういうのはいらないよ？」

「アンタにじゃないよ。そっちのちっこいのにだ」

「だったらなおさら、さっきも貰ったし……」

シリウスが見た限り、先ほど渡されたポーションはかなり高価で希少な物だ。

普通の傷を治すタイプの物ではなく魔力を抑制するポーションは、とてもC級冒険者の自分が買える代物ではない。

たかが家の掃除程度でこれ以上を貰っては過剰どころではないし、後々の問題にもなりかねないと思った。

「アンタ、もう八年くらいなにも受け取ってないんだから、これはその分も込みだよ」

「でも……」

「そもそもこれはそっちの子に渡すもんだ！　アンタに拒否権はない！」

「わぅ!?」

そうして、ラーゼ婆さんはシリウスの背後に隠れているククルを引っ張り出すと、その小さな手にポーションを握らせた。

「一本で半月は保《も》つから、足りなくなったらまた来な」

「でも、これって高価なんじゃ……？」

「私にとっちゃ、普通のポーション作るのと大差ないさ」

ラーゼ婆さんはシワシワの手で、ククルの頭を撫でる。

視線は柔らかく、怖いと思っていた彼女の優しさに触れた。

「あの……ありがとうございます」

「なぁに、手を抜かずに綺麗に掃除をしてくれた礼だ」

ラーゼ婆さんはククルから離れると、一度だけシリウスを睨む。

まるで、そういうキャラを自分で作るような仕草だと、ククルは思った。

「アンタの事情は聞かないよ。ただこいつみたいにやってりゃ、色んな奴《やっ》らが勝手に助けに来てくれるさ。だから、せいぜい真面目に生きるんだよ」

「うん……」

「良い子だ」

シリウスは、俺？　みたいな雰囲気で自分を指さしている。

その無自覚さがおかしく、ラーゼ婆さんとククルは二人で顔を見合わせて笑ってしまった。

＊＊＊

ククルを城塞都市ガーランドに連れてきてから二週間。

シリウスの指名依頼を中心に、ククルと一緒にガーランドの街の人々から受けた依頼をこなし、交流を深めてきた。

街の中で危険も少ないということはもちろん、出来るだけ多くの人に顔見せをして今後の生活環境を整えていければ良いなと思っての行動だ。

それが功を奏し、最近ではガーランドの街でククルの名前がよく出てくるようになってきた。

――この調子なら、いずれは一人でも依頼をこなせるかな。

と言ってもあと五年はかかるだろうが、それでも彼女の独り立ちも近づくはずだ。

もちろん、彼女の保護者としてしばらく見守り続けるつもりだが――。

「シリウスさん？　大丈夫？」

「あ、ちょっと考え事をしてた。大丈夫だよ」

見上げられ、笑みを浮かべる。

自分も子どものときはきっと、こんな風に周りに心配されていたのだろう。

それを思うと、成長した実感が少しだけ湧いてきた。

＊＊＊

冒険者ギルドに入ると、相変わらずの騒がしさだった。

朝から酒を入れているのか、それとも昨夜から飲んでいてそのまま泥酔していたのか、ギルドの酒場は中々悲惨な状況だ。

あまり子どもの教育に良い現場ではないのだが、シリウスとしても十歳から通っているためなんとも言いがたい。

「ククル、大丈夫？」

「うん、もう慣れた」

最初の頃は怒声一つで怯えていた少女は、今は堂々としたものだ。

二人でいつものように受付に行くと、笑顔のエレンが紙を見せてくる。

「シリウスさん。今日もいくつか指名依頼がありますよ」

どれを見ても、顔見知りの依頼ばかり。

これなら今日も問題なさそうだ。

「ククルはどんなことをしてみたい？」

「私が選んで良いの？」

「もちろん」

Ｃ級でベテランともなれば、多少危険でも報酬が良い依頼を選ぶべきだろう。冒険者など一生続けられる仕事ではなく、どこかで見切りを付けるか、大怪我をして田舎に帰るか。

帰る田舎などないシリウスにしても、老後に備えて稼いでおかないと引退後は碌《ろく》なことにはならないのだから。

――だけど、今は……この子の選択肢を増やしてあげたいかな。

出来るだけ街の住民と交流を深めていくことで色んな人と出会いを重ね、世界が広がれば、それがいずれ彼女の財産になるだろう。

今のシリウスにとって、それは自分の老後などよりもずっと重要なことだった。

「そしたら、この雑貨屋さんのお手伝い……」

彼女の選んだ依頼を見て、今日は忙しくなりそうだと思いながらも頷いた。

＊＊＊

城塞都市ガーランドで買い物をするなら、東側のエリアがおすすめだ。

武器や防具、それに魔術的なアイテムまでなんでも揃《そろ》っている、というのが謳《うた》い文句となっているだけあり活気に満ち溢《あふ》れていた。

元々ガーランドは他所《よそ》に比べても騒がしい街であるが、その中でも最たる場所だろう。

実際、手を繋いでいるククルは、驚いているからかいつもより強く握ってきていた。

「東側に来るの初めてだけど、どう？」

「人多い……」

目を丸くして、驚いている姿はとても愛らしい。

実際、ククルの容姿は他の子どもたちに比べても一際目を引き、周囲の大人たちもすれ違い様に見てくるほどだ。

――これは、迷子にならないように気をつけないと。

シリウスは繋いだ手を少しだけ強く握る。

不思議そうな顔でこちらを見ているが、人混みで逸れないように、と伝えると嬉しそうに笑ってくれた。

そのまま街を突き進み、青い屋根の雑貨屋が目に入る。

「あ、あそこだよね！」

シリウスが頷いて一緒に入ると、周囲には大きな店が多い中で、少々手狭な雰囲気。

壁には棚があり、そこにはずらりと様々な物が並んでいる。

奥のカウンターには恰幅《かっぷく》の良い女性が立っており、彼女がこの店の主《あるじ》だということはククルにもすぐわかった。

「やあいらっしゃいシリウス！　元気だったみたいだね！」

「マーサさん、こんにちは」

「相変わらずちゃんと挨拶出来て偉いじゃないか！」

一声一声、大きく圧のある声。

本来ククルにとって苦手なそれだが、なぜか彼女の声には温かさがあって、あまり怖いとは思わなかった。

実際、シリウスと話す姿は旧友か親戚の子どもを相手にするようで、明るく楽しそうだ。

「ククル、挨拶しよっか」

「うん」

ククルは繋いでいた手を離すと、まっすぐマーサを見る。

なんというか、アニメに出てきそうな肝っ玉母さんと言った雰囲気だ。

「こんにちは」

「あらまぁ！　噂には聞いてたけど、本当に天使みたいな子じゃないか！」

「う、噂……？　それに天使？」

「シリウスが森に落ちた天使を娘にしちまったって、今じゃガーランド中に広がっているよ！」

そうなの!?　とククルがシリウスを見上げると、戸惑ったような顔をしている。

どうやら彼も知らなかったらしい。

「私、天使じゃないよ」

「そうだねそうだね！　まあそれくらい可愛らしいってことだから、喜んどきな！」

雑な感じで頭を撫でられるのだが、シリウスの優しいそれと違ってククルはあんまり嬉しいとは思わなかった。

とはいえ、逃げるわけにはいかない。

なぜなら今回はククルが望んで選んだ依頼なのだから。

「依頼、受けに来ました」

内容は、この店の二十周年を記念したセールを行うための準備の手伝いだ。

大きな店ではないが、マーサを除くと従業員が一人だけなので、手伝いが必要となる。

ククルが依頼書を見せると、マーサは微笑ましそうに見ながら紙を受け取り、一度シリウスを見てから少し考える素振りをした。

「それじゃあこの子には店番をして貰おうか！」

「え、え、え……？」

「シリウスは、そっちの棚の物を順番に値札を変えていっておくれ。ああ、棚と言ってもストックからだ！　表に出てるのはギリギリまで定価で売るからね！」

言われた通り、シリウスは棚の方へと向かっていく。

そして残されたククルは、置いていかれた!?　とちょっとショックを受けながらマーサを見る。

「さあ、店番の仕方を覚えて貰おうか」

「あぅ……」

妙な迫力を持ったマーサに、ククルは怯えながらシリウスの背中を見る。

慣れた動きでテキパキと値札を変えていくシリウスは、こちらの様子など気付きもしない。

「た、助けて……」

「ギルドを通してきたらそれはプロ！　甘いことは言ったって、許しはしないよぉ」

「あぅぅぅ!?」

そうして厳しいながらも、ククルはマーサの指導を受けるのであった。

そして一時間後――。

「シリウス！　早く棚の補充をしておくれ！」

「は、はい！」

「ククルは笑顔！　ほらお金を受け取って！」

「あ、ありがとうございましたー！」

マーサの雑貨屋の中は多くの人で賑《にぎ》わっていた。

「くっ！　予想はしてたけど、ここまでとは!?」

嬉しそうな声を上げながらも、一切動きを止めないマーサ。

慌てて売れた商品の補充をしていくシリウス。

カウンターでお金を受け取ってから、笑顔を見せたククル。

ひっそり動き回ってみんなをサポートするたった一人の従業員。

狭い雑貨屋の中で、四人それぞれが慌ただしい様子で動き回っていた。

「なんで、セールは明日からだよね!?」

堪《たま》らず叫んだのは、ククルである。

閑古鳥が鳴いていた、というほどではないにしても、ククルたちがやってきたときはお客さんも少ししかいなかったはず。

それがたった一時間で店の外に行列が出来るほどになり、テンパっていた。

「マーサさん、これって……?」

「ははは！　作戦勝ちさ！」

そう言って嬉しそうに商品を捌《さば》き、金額が間違っていないかチェックをし、ククルに笑顔で見送らせるマーサ。

どんどんと『定価』で減っていく在庫に、彼女はもはやハイテンションになっていた。

「やっぱりみんな、子どもには財布の紐《ひも》が緩くなるじゃないか！」

さらっと、マーサの懐から一枚の紙が落ちる。

そこには『噂の天使が笑顔でお出迎え！』と書かれていて――。

「これってククルのことじゃないですか!?」

「ああそうさ！　エレンの奴に頼んで、もしアンタが今日断るなら緊急クエストにしてでも連れてこい！　って言っておいたんだ！」

今回クエストを選ぶのはククルに任せていたシリウスだが、今考えるとエレンが誘導していた気がした。

これが原因か、とようやく理解した頃には喋《しゃべ》る暇すらない状況になり、慌ただしい時間が過ぎていく。

「お金！　受け取ったら笑顔！　いいじゃないか、まさに天使だ！」

ククルの笑顔を受けた冒険者は、デレデレな表情で出て行った。

扉が開いた瞬間、わざと外にいる客に聞こえるよう声を上げるあたり、マーサは商売人だ。

「いいよいいよ！　この調子でセールまでに捌けるものは全部捌いてやる！」

「店長、顔が悪いことになってるよ」

「売れれば正義さ！」

唯一の従業員にして、この店二十年の店員がマーサに指摘するが、そんなことより売り上げだ！

とさらにピッチを上げていく。

これはさすがにククルも忙しすぎて不味《まず》いんじゃ、とシリウスがカウンターを見ると——。

「えっと……ありがとうございます」

「おぉぉ！　こっちこそありがとうございます！」

意外なことに、変な客がいても笑顔を絶やさず、きっちりお金も受け取っていた。

あんなに小さいのに、お釣りを間違えたということもなく、丁寧に仕事をしている。

「凄いな……」

シリウスは頑張るククルを見て、素直にそう思った。

多分自分があの場に立っていたら、焦って金額をミスしてしまうだろう。

冒険者として経験で色々と覚えたが、元より要領は良い方ではないし、計算のような頭を使う行動は特に苦手だった。

――もしかしたらククルは天才なのかもしれない。

まるで親馬鹿のような言葉を当たり前のように呟《つぶや》く。

ちなみに、この瞬間シリウスの頭の中から彼女が十五歳の少女だということは抜け落ちていた。

＊＊＊

それからしばらくして、夕刻になった頃には客もまばらになる。

店の外に人が並んでいないだけで焦りはなくなるものだな、とシリウスは思った。

「……っ、疲れた」

「お疲れ様。あとは俺がやるから、ククルは奥で休んでおいで」

いいですよね？　とマーサを見ると満面の笑みで頷く。

今日の売り上げが良くて、ホクホク顔だ。

フラフラしているククルを奥に連れていった後、シリウスが店頭に戻ると最後の客が出て行くところだった。

「いやぁ、やっぱり天使の効果は抜群だねぇ」

「マーサさん、こういうことをするつもりだったら最初から教えてよ」

「教えて、効果なかったらあの子がかわいそうじゃないか」

そういう問題じゃない、と思ったが、昔から商売上手な彼女には敵《かな》わないことはわかっていたシリウスは、黙り込んだ。

「さ、それじゃあ今日は店を閉めて、セールの準備をしようじゃないか」

「セールの準備って言っても……」

最初に値札を変えようと思っていたストックはすべて店頭に出ており、その数もまばらだ。

明日のセールに出せそうな商品など、ほとんど残っていない。

「これで、二十周年いいの？」

「安く売る前に定価で売れたんだ！　良いに決まってるじゃないか！」

満足そうなマーサを見て、シリウスはまあ良いかと思った。

残った商品の値札をささっと変えて、シリウスの今日の仕事は終了。

「しかしこれで、あの子は大変だ」

「え？」

「だって、あの子に店番を頼めばこれだけ客が集まるって宣伝しちまったからね」

――他の店だって、頼みたいと思うに決まってるよ。

「たしかにククルは可愛いですけど、今日は物珍しさが勝っただけじゃなくて？」

「子どもが頑張る姿は、大人の財布の紐を緩めるものなのさ」

その言葉を聞いて、困ったなと思う。

ククルが活躍するのはもちろん嬉しいが、シリウスが与えたいのは機会だ。

一方的に求められるものではなく、自発的にやりたいことを見つけて欲しいと思っている。

だから、ククルの『付加価値』を求めて依頼を頼むようなのは、出来れば遠慮したいと思った。

そのことをマーサは理解しているのだろう。

彼女はシリウスの背中をバシン、と強く叩いてから快活に笑う。

「まあ今回利用した私が言うのもなんだけど、アンタがちゃんと守ってあげるんだよ！」

「っ――!?　そうだね」

そうして、この日のクエストは終了。

銀髪の天使がやってきた店には祝福が与えられる、などという噂が流れるのは、その翌日からだった。

＊＊＊

マーサの雑貨屋での仕事が終わった後。

先にククルをマリエールへと送り届けようとしたシリウスだが、それは彼女が拒否をした。

――最後までシリウスさんと一緒にやりたい。

そう言われてはなにも言えないなと思い、一緒にギルドへ報告に向かう。

すでに噂は出回っていたらしく、道中でやたらシリウスと、そして天使の正体と思わしきククルが見られていた。

今回の結果は、ガーランドにククルの存在を示すことになり――。

「シリウスさん！　貴方《あなた》宛……というかククルちゃん宛に今日だけでこんなに依頼が来てるんですけど！」

「ええ……」

ギルドでエレンに報告しようとすると、先にそんなことを言われてしまう。

どうやら天使のような銀髪美少女が頑張る姿が売り上げアップに繋がることは、商人たちの間で広まり、我先にと依頼が舞い込んでいる状態らしい。

とはいえ、シリウスはククルに仕事をさせるために同行させていたわけではない。

あくまでも、彼女が将来やりたいことを見つけるため、そしてそれが出来るために人の縁を作っておこうと思っただけなのだ。

一先《ひとま》ずその説明をきちんと行い、ククル宛の依頼はいったんすべて断りを入れる。

そうしないと、選ばなかったところから下手なやっかみを受けかねず、当初の目的が達成できなくなってしまいそうだった。

＊＊＊

ギルドを出て、マリエールまでの道を歩く。

「うーん……どうしたものかなぁ」

「びっくりした……」

「ね。それだけククルが頑張ったってことなんだけど……」

やはり周囲の人々の視線はククルに向いている。

彼女はたった一度の依頼で、この城塞都市ガーランドで話題の子になってしまったらしい。

「ククルはなにかやりたいこととかある？」

「シリウスさんと一緒なら、なんでもいいよ」

「そっかぁ」

その言葉自体は正直とても嬉しいことなのだが、いつまでもそういうわけにはいかない。

彼女には魔術の才能があるため冒険者で名を残すことだって出来る。

今日みたいに店に立つことも、自分でなにかを作ることだって出来るのだ。

そして、そうじゃない道だってあるのだから、自分の可能性を狭めないで欲しいと思う。

――俺には、出来ないことだったしな。

「とりあえず、明日は少し様子を見よう」

「うん」

マリエールまで帰ると、酔っ払った大人たちが相変わらず騒がしくしていた。

最初の頃は恐る恐るという風に見ていたククルも、この空気にもだいぶ慣れて、今では叫び声が聞こえても平然としたものだ。

「あらぁ。二人ともお帰りなさーい」

「ただいま、マリーちゃん！」

ククルが嬉しそうに挨拶をすると、マリーは感極まった様子で脇に手を入れて持ち上げた。

「聞いたわよぉ！　大活躍だったらしいじゃないー！」

「わ、わ、わぁー！」

クルクルと回りながら宿の中を進んでいくと、酒場で盛り上がっていた人たちもククルに気付く。

そして噂の天使がやってきたぞー！　と勝手に盛り上がり始め、店内は明るく騒がしい雰囲気が増していった。

シリウスはそんな、みんなに囲まれたククルを見て、微笑ましく思う。

もっとも、いくら慣れたとはいえ大人たちに囲まれて騒がしくされているククルは、その騒がしさに目を回し始めていたが。

「天使の子が来た店には祝福をー！」

「どんなおんぼろ店舗でもー、この子がいたらー、大繁盛ー！」

「「大繁盛！」」

近くにあった楽器を手に取り演奏を始め、楽器が弾けない人も皿やフォークでリズムに合わせてカチャカチャと。

歌え踊れの大盛り上がりとなった酒場は、新規の客が増えるごとに激しさを増し、最後はテーブルを壊したあたりでマリーによって参加者が締められて宴会は終了。

客たちに揉《も》みくちゃにされたククルはというと、半泣きになりながらシリウスに抱きついて、存分に甘えるのであった。

そして翌日。

噂に尾ひれが付いて大変なことになっていたため、しばらくククルと街の依頼をするのは止めておくことにした。

その間に、自分一人で出来る依頼をやってしまおうと思っていたのだが、そこで予想外にククルが反応する。

「えー！　そしたらシリウスさんと一緒にいられないの!?」

「ほら、今はちょっと騒がしいからさ」

「うぅ、でも……」

そのことを説明すると、悲しそうな表情で見上げてくる。

年相応の愛らしい行動にシリウスはつい甘やかそうとしてしまうが、それはじっと耐えた。

「俺もリハビリを兼ねて、ちょっと魔物とかの狩りに行かないといけないしね」

これもまた事実だ。

本来ベテランであり、丁寧に素材を集めるシリウスはこの街では重宝されるべき冒険者。

そんな彼がすでに一ヶ月近くも魔物の狩りをやらずにいると、依頼主たちからの不満が溜《た》まってしまうのだ。

「じゃあ私もついていく！」

「それは駄目だよ」

「なんで!?」

「危ないから」

「うぅ……本気を出せば魔物なんて危なくないもん……」

ククルはそう言いながらも、危なくないなどとは欠片《かけら》も思っていない様子。

当たり前だ。彼女がいくら神様から『大賢者の加護』などというとてつもない祝福を受けていようと、五歳の子ども。

元の年齢が十五歳だとしてもまだ子どもで、しかも戦いの経験などもない素人。

シリウス一人で十分なところにそんな少女が付いてきても、足手まといにしかならないのだ。

「ほら、帰ってきたらまた美味《おい》しいものでも食べよう」

「……約束」

「うん、約束だ」

そうしてククルをマリーに預けたシリウスは、ギルドから素材狩りの依頼を受けて、ガーランドの外に出て行った。

第六章　森の異変

ガーランドから少し西に行った先にあるカラン平原。

そこら一帯を縄張りにしているグレイボアを狩るのが、この日のクエストだ。

グレイボアはこの時季、冬眠に向けて食料を集めるため土を漁《あさ》る傾向にある。

ミミズやモグラなど、地中にいる獲物を探しているため平原ではあちこちに土を漁った跡が残っていた。

それらを追いかけていくと、自然と彼らの寝床がわかるのである。

「……一人ってこんなに寂しいものだったっけ？」

Ｃ級の冒険者になってからすでに三年。

ベテランと呼ばれるようになり、この依頼も毎年こなしているため単純作業に近い。

だからか、考える余裕などもあった。

「前は一心不乱に生きてただけなんだけど」

生きるために必死で、Ｃ級になるまでは日々の蓄えも満足に出来ない状態だった。

今では将来のためにお金も貯《た》まってきたし、ある程度満足のいく生活を送ることが出来るようになったと思っていたが――。

「ククルが来てからの方が、全然楽しいな」

帰ったらなにかしてあげようか？

今日は一緒にどうしようか？

あの子が将来、色んな選択肢を取れるように頑張らないと。

そんな、自分のこと以外を考えるのは楽しく、とても未来のあることだと思った。

「さて、早く帰らないと」

いつもよりもテキパキと動き、グレイボアの巣を見つけた。

普段よりもなぜかよく動く身体《からだ》は、余裕を持って群れを倒すことが出来て、いつも通り丁寧に毛皮を剝ぐのであった。

そして――。

「ただいまー」

「お帰りなさい！」

夕暮れ前にギルドで精算を終えたシリウスがマリエールの扉を開けると、どん、と小さな身体が抱きついてくる。

もう離さない、と言わんばかりに力一杯くっついてくる仕草は子どもらしく、よほど寂しかったらしい。

「ただいまククル。良い子にしてた？」

「うん！　マリーちゃんと料理もしたよ！」

「そうなんだ」

カウンターを見ればマリーがウィンクをしてくる。

どうやら楽しい時間を過ごせたらしい。

ククルを抱っこしてマリーの近くまで行くと、彼女は優しげな表情で迎えてくれた。

「シリウスちゃん。今日の晩ご飯はね、ククルちゃんが作ったの」

そうしてご飯と卵、それに肉が交ざった見たことのない料理が出てきた。

「これは？　見たことないけど……」

「炒飯《チャーハン》ですって。ククルちゃんが小さな身体で必死に作ったんだから、食べないと駄目よぉ」

「へぇ。それは楽しみだなぁ」

単純に、交ぜ合わせただけの料理。

だがそれも、この子が作ったとなればきっととても美味《おい》しいものだろう。

「……」

ククルを地面に降ろすと、どうやら少し緊張している様子。

たとえどんな味がしても、きっと自分は美味しいと言うだろうな、と思いながら口に運ぶ。

「ん……？」

「ぁぅ……」

一口、二口、食べ始めると手が止まらない。

単純な料理のはずなのに、米に卵がしっかりと絡み、さらに鳥肉の油も混ざって体力を使った自分の身体に染み渡るようだ。

「これ、凄《すご》く美味しいね！」

「本当！」

「うん！　今の俺にぴったりだ！」

食べる手は止める気にもならず、すぐに全部食べきってしまった。

もっとないのか、と思ったのが伝わったのだろう。

ククルが慌てて厨房《ちゅうぼう》の奥に走り出す。

「ふふ、一人じゃ鍋も持てないのにねぇ」

ククルの行動に苦笑しながらマリーがついていき、シリウスはただその後ろ姿を見送るだけ。

そうしてしばらくして、追加の炒飯がやってきて――。

「今度は私も一緒に食べる！」

「そうだね」

二人仲良く、カウンターに並んで食べ始めるのであった。

＊＊＊

それからしばらく、シリウスは一人で出来る依頼をこなしてきた。

だがマーサの店での出来事は、良くも悪くもシリウスとククルの生活を変えることとなり――。

「シリウスさん、どうしましょう？」

「そうだね……」

ギルドの受付でエレンに問いかけられ、シリウスは困った顔をする。

日に日に増えていく、ククルの指名依頼。

その内容はシンプルな物で、店番をして欲しいというものがほとんどだ。

天使の噂《うわさ》はすでにガーランド中に広まっていて、彼女が店に入れば見物客でその日の売り上げは大きく上がる。

とはいえ、別に実際にそういうことが起きたのはマーサの店だけで、それ以降は依頼を受けないようにしていたのだから噂だけが一人歩きをしているような状態だった。

「これ、一回受けたらずっと来ますよね」

「ええ。もう今の時点で天使は気紛《きまぐ》れだとか、だからこそ珍しさがアップする、とか色々と噂が増えていますね……」

ククルの評価が高くなるのは良いことだ。

だが実が伴っている内容でないのであれば、それはまた違う。

――この噂が終わったときでも、この子がしっかりと生活出来るようにしないといけないし。

噂に振り回されるくらいなら、一切受けない方がいい。

ククルを見ると、彼女も自分の立場をしっかり認識しているようで、渋い顔をしていた。

「私、客寄せパンダはやだ」

「ぱんだ？」

「……とりあえず、こういう依頼はやだ」

ククルがそう言ってくれるのであれば、シリウスとしても安心して断ることが出来る。

「それじゃあエレンさん。ククルはまだ子どもだし、こういう依頼はこれからも全部断って貰《もら》っても良いですか？」

「わかりました。とはいえ、これだけ話題になると……」

「ほとぼりが冷めるまでしばらく、街から離れますよ。まだヤムカカンの森の間引き依頼は継続してありますよね？」

少し離れたところにある、クエストボードに貼られた紙を一枚取る。

ククルと出会った、ヤムカカンの森の間引き依頼は冬までしばらく続くので、ついでにやってしまおうという算段だ。

「ワカ村に行くの？」

「そうだね。リリーナにも会えるよ」

そう言うと、ククルは少し嬉《うれ》しそうにする。

年の近い友人と再び会えるのが嬉しいらしい。

「そっか……そしたら冬が来るまで戻ってこないんですね」

エレンがやや暗い表情をする。

この街から離れられない彼女からすれば、シリウスが戻ってこないのは嬉しくない情報だ。

とはいえ、このクエストは正直苦労に対して実入りがあまり良くないため不人気で、シリウスが受けてくれないと困ることになる。

「とりあえず、ずっとククルを連れていくわけにもいかないので、ある程度で一度戻ってくるよ」

「え？」

その言葉に、今度はククルが驚いたような顔をする。

今の発言は、途中で自分を置いていくということに他ならないからだ。

「防寒具は用意するけど、冬を村で過ごすのは大変だからね」

都会である城塞都市ガーランドであれば、暖かい寝床に魔道具などもあり、子どもでも冬を越すのに問題はない。

しかしワカ村のようになにもない場所では、相当辛《つら》い日々が続く。

そうなる前に、ククルを連れて帰るつもりだった。

「そんな顔しても、駄目だからね」

ククルはがーん、とショックを受けている様子だが、これぱかりは譲れない。

先日、マリーのところで留守番も出来たのだから大丈夫だろうと、シリウスは依頼を受けるのであった。

＊＊＊

シリウスたちがワカ村に到着すると、村人たちは歓迎してくれた。

「クックルちゃーん！」

「わぁ!?」

元気いっぱいに飛びついてきたのは、猫耳の少女リリーナ。

村にいたときからククルのことを特に気にかけてくれていて、今も笑顔満点で迎え入れてくれる。

「シリウスさんも久しぶり！　元気だった？」

「うん。リリーナは……元気そうだね」

「もちろんだよ！」

ブイ、と指を二つ見せて快活に笑う。

それを見て笑っていると、奥から村長と村唯一の薬師であるスーリアがやってきた。

「ククル、それじゃあ俺は二人と話してくるから……」

「私も――」

「シリウスさん！　ククルと遊んできていい!?」

「うん。ククルをよろしくね」

「まっかせて！　よーし、それじゃあ行こ！」

「え、え、え……!?」

ククルはそのまま引っ張られるように連れられて、シリウスはそれを見送ってからスーリアたちのところへ。

村長宅でしばらく話を聞いていると、どうやら最近ヤムカカンの森が騒がしいらしい。

スーリアも、リリーナがいつもと違って森から奇妙な気配を感じると言っていたのを聞いて、警戒を強めている様子。

「なら、俺が見てきましょうか？」

「だが……」

「大丈夫ですよ。これでも結構冒険者としての経験は長いですから、危険がある前に逃げますし」

心配そうにする村長に笑いかけると、隣に座るスーリアが険しい表情を向けた。

「シリウスや。自分の身よりも人を優先するくせに、アンタどの口でそんなことを言うんだい？」

「えーと……」

「今回だって、無償で受けて良いような話じゃないだろうに……相変わらずだねぇ」

シリウスは自分の心の内を見透かされてしまい、ぐうの音も言えずに黙り込む。

ワカ村の人たちには怪我《けが》をしたときに散々お世話になったので、無償で解決しようと思ったことはバレているらしい。

もちろん、ワカ村の人からすればシリウスは村の恩人で、すでに怪我の世話の分以上に返して貰ったと思っている。

だがグルコーザによって蓄えなどもだいぶ横領されてしまい、アリアの計らいで援助を受けたとはいえ村に余裕があるわけでもない。

シリウスの提案は、村長からすれば喉から手が出るほど受けたいものだが、恩人にただ働きをさせるわけにも……。

そんな村長の板挟みの心情は、スーリアの睨《にら》みによって解消される。

「村長。シリウスに頼るならちゃんと謝礼も出す。人として当然のことだよ」

「スーリア婆《ばあ》さん……」

自身よりも一回り年配の最年長であるスーリアにそう言われて、村長も納得する。

とはいえ、危険な任務を依頼するほどの謝礼も出せそうにないのもまた事実。

「とりあえず、間引きついでにちょっとだけ様子を見てきますよ」

「シリウス」

「大丈夫です。無理はしないですし、本当に間引きのついで程度ですから」

本当に危ないなら騎士も呼ばないといけないが、まだ推測では呼ぶに呼べない状況だろう。

――アリアなら気にせず、民のためならって言ってくれそうだけど。

彼女にも立場というものがある。

気になる程度の出来事でいちいち助けていては、いくら人が居ても足りないというものだ。

「シリウスさん、ありがとう」

「すまないね……」

「いえいえ。その代わり、村にいる間はククルのことも気にかけてください」

シリウスはさっそく森を探索する準備のため、村長宅から出る。

そして以前借りていた家を再び借りて、考え事をしていた。

――ヤムカカンの森が騒がしい、か。

ククルと出会ったあの森。

もしかしたらあの子になにか関係があるんじゃないか、などと思っているとククルが帰ってくる。

「お帰り」

「ただいまー……リリーナ、元気すぎる……」

そう言いながらふらふらふらと、まるで花に誘われる虫のようにシリウスに近づいて、膝の上に座る。

彼女の美しい髪からは少し太陽の匂いがして、たくさん遊んだんだなと笑ってしまう。

「うー」

「楽しかった？」

「……うん」

リリーナのことは以前から友達だと思っていたため、久しぶりに会えて嬉しかったのだろう。

いつも以上にはしゃいだせいか、相当疲れたらしい。

「シリウスさんはお仕事？」

「そうだね。またヤムカカンの森で魔物の間引きだ」

「……私も行きたい」

あの森は魔物がいて危険だし、ククルだってフェルヤンクルたちに襲われて以前酷《ひど》い目に遭った場所だ。

まさかそんなことを言われるとは思っていなかったので、シリウスは驚きながらも首を横に振る。

「ククル、遊びじゃないんだよ？」

「でも……シリウスさん危ないかもしれないし」

「ええ……いやまあ、たしかに大した強さじゃないけどさ。入り口で間引きをするくらいなら平気だよ」

そう言っても、全然納得してくれそうな雰囲気はない。

さてどうしたものか、と思って悩んでいると、不意に彼女の身体が薄く光る。

「ククル？」

「魔術……ちょっと練習したから試してみる」

その光はゆっくりとシリウスの方へと移り、とても温かいなにかが自分の中に入りこむ。

「行っちゃ駄目ならせめて……魔術でシリウスさんを強くしたから」

「強く……へぇ、魔術ってそんなことも出来るんだね」

「うん。加護が教えてくれた」

「そうなんだ」

きっとまじない程度だろう。

子どもらしくてちょっと可愛《かわい》いな、と思いつつ彼女の頭を撫《な》でてその気持ちに応える。

そうして借りた家に布団を敷いて、二人で並んでその夜を越えることにした。

そして翌日――。

ヤムカカンの森に一人で入ったシリウスは、大木に隠れながら様子を窺《うかが》っていた。

「……」

これまでヤムカカンの森で見たこともない巨大な魔物が、ヤンクルの群れを追い回している。

赤く膨れ上がった筋肉。白く痛々しい剛毛の髪。手には大木が握られていて、辺り一帯を一撃で吹き飛ばす膂力《りょりょく》。

「なんで……」

――こんなところに、ジャイアントオーガが……。

それは、ガーランドのＡ級冒険者や騎士たちが複数で相対しなければ勝てない、強力な魔物だった。

ジャイアントオーガはなにかに苛立《いらだ》っているらしく、手に持った大木を振り回しながら周囲の木々に八つ当たりをしている。

壊れるとすぐ違う大木を手に取り、それを何度も繰り返していた。

「不味《まず》いな……」

本来は森の中枢にいる魔物で、今のシリウスではとても太刀打ち出来る相手ではない。

そもそも、普通はここまで出てくることはないのだ。

「この間のヤムカカンといい、いったいどうなってるんだ……？」

明らかに異常事態だった。

普通ならこのまま一旦村に帰り、事情を説明。

そして村人たちには一時的に避難をして貰い、騎士を呼びに行って討伐をして貰わなければならない事態である。

「……」

一瞬、悩む。

ここはすでに森の入り口付近。つまりワカ村とほぼ隣接している場所だ。

どういう理由で奥から出てきたのかわからないが、ワカ村には年配者も多い。

逃げ出したところで、追いつかれる可能性も十分あると思った。

シリウスは、そう思ってしまった。

「いや……駄目だ」

ここでなんとかジャイアントオーガの注意を引き、森の奥まで走る。

そんなことを考えてみたが、あの巨体から逃げ切れる自信もなければ、C級でしかないシリウスが勝てるはずもない。

奥から出てきた理由が判明しない以上、捕まって無駄死にするのだけは避けなければならなかった。

「一度村に帰ろう」

帰って、村長たちには街まで避難して貰うしかない。

そう判断したシリウスは、ジャイアントオーガに見つからないようにそっと動く。

「っ――」

パキン、と小さな音が響いた。

地面に落ちた小枝を踏んでしまったのだ。

――やばい！

最悪なのは、丁度暴れているジャイアントオーガが手を止めた瞬間だったこと。

先ほどまであれば風に流れて消えてしまうようなか細い音なのに、はっきりと森に響いてしまったのだ。

「ガァァァァァァァ！」

「っ――！」

ジャイアントオーガがシリウスの存在に気付き、襲いかかってきた。

凄いスピードだ。まだ距離はあったはずなのに、あっという間に距離を詰めてくる。

慌てて逃げようとするシリウスが背を向ける頃には、大木が届く位置に来ていて――。

――こんなの、逃げ切れるわけがない！

咄嗟《とっさ》に横に飛ぶと、先ほどまでいた位置に大木が振り下ろされる。

間一髪！　生き残った！

そんなことを考えている暇はなく、すぐに次の攻撃が飛んでくる。

「この！」

それもなんとか躱《かわ》すと、シリウスはジャイアントオーガから少し距離を取って剣を抜く。

所詮C級が買うような安い剣だ。

赤い肌に覆われた筋肉を切り裂けるほどの力はないだろう。

――怯《ひる》んで森の奥に帰ってくれれば良し。だけど……。

反撃されて激高してしまえば最後、自分の命はないだろう。

シリウスは集中し、息を大きく吐く。

「行くぞ！」

一歩、全力で踏み込んだ。

「え？」

その瞬間、凄《すさ》まじい勢いで自分の身体がジャイアントオーガに向かって飛んでいく。

まるで城塞都市の防衛などに使われる大砲のような勢い。

自分の意思では止められないそれは、一気にジャイアントオーガにぶつかると——。

「……え？」

当たり前だが、シリウスは普通の人間だ。

魔力で身体を強化できる騎士であれば、もしかしたら魔物にも負けない身体になれるのかもしれないが、シリウスには無理。

なのに、ジャイアントオーガはシリウスに突進を喰《く》らったと思うと、そのまま木々を吹き飛ばしながら飛んでいった。

「これって……」

こけてしまったので立ち上がるが、身体に傷らしい傷などない。

見ればジャイアントオーガは怒りの形相で迫ってくる。

剣を構え、迎え撃つ。

そして、すれ違いざまに剣を振る。

「あ……」

あっさりと、自分でも信じられないほど簡単に、ジャイアントオーガを両断してしまった。

地面に崩れ落ちるジャイアントオーガ。

呆然《ぼうぜん》と、それを見下ろすシリウス。

「は、ははは……」

自分の力でないことは明白だ。

だとしたらこれは……。

——行っちゃ駄目ならせめて……魔術でシリウスさんを強くしたから。

「ククル、凄いなぁ」

魔術のことを知らないシリウスだが、これがどれほどとんでもないことなのかは理解出来た。

なにせC級の冒険者であるシリウスが、単独でA級の魔物であるジャイアントオーガを退治してしまったのだ。

もしこれが魔術の当たり前なら、この国の人間は一生魔物に苦労することはないだろう。

「なるほど……アリアがあれだけ注意してくるのも納得だ」

もしククルの存在が国にバレたら、間違いなく連れ去ろうとするに違いない。

自分程度でこれなのだ。

他国に恐れられている王国最強の十二騎士——ラウンズを本気で強化すれば、一人で城さえ落とせてしまうかもしれない。

当たり前だが、国が他国を圧倒出来る力を持ったとき、その力を使わないことはあり得ない。

なにせ絶対に勝てる戦争なのだ。

仕掛けて交渉するのも良し、純粋に力で侵略するのも良し。

どちらにしても、この国にとってはいいことだろう。

「でもそれは……ククルにとって良いことかどうかは——」

シリウスはお人好しと呼ばれているが、決して不戦論者というわけではないのだ。

もしそうなら冒険者にもなっていない。

だからククルがこの国のために力を使いたいというのなら、止めるつもりはなかった。

「だけどそれは……」

少なくとも、この国のことをもっと知ってからだろう。

「……うん。本人にはまた話すけど、とりあえず今はせっかくククルが守ってくれているんだから もっと調査をしてみよう」

ジャイアントオーガは倒した。

だが実際に森の奥から出てきたのだとしたら、また同じように他の魔物も出てくるかもしれない。

シリウスはこれまで踏み込んだことのない、森の奥へと進んでいく。

もしなにかあれば逃げて村に報告する、と心に決めて進むと再びジャイアントオーガが見つかったので、逃げずに背後から斬りかかる。

普通であれば絶対に倒せない魔物だが、紙を切るよりあっさりその肉体を切り裂いてしまった。

「はぁ……なんだか自分が自分じゃないみたいだ……」

とりあえず、この力が一回だけの力でないことに安堵《あんど》する。

そしてシリウスは奥に、奥に……。

道中で強い魔物たちを倒しながら歩いていると、大きな洞窟を見つけた。

「魔物が……死んでる？」

驚くべきことに、洞窟の入り口には魔物たちが死体となって並んでいた。

どれもこれも、普通のシリウスなら軽く殺されてしまうような凶悪な魔物たちだが、どうやらここで争い、そして何者かに殺されたらしい。

「……これ以上は、駄目だよな」

シリウスは一度、村に戻ることを決意する。

明らかな異常で、いくらククルの力があっても安全とは思えなかったのだ。

「……」

洞窟に背を向けて、一度だけ振り向く。

中になにかの気配は感じないが、もしあれが森から村に出てきたら……。

「みんなを一度、避難させないと」

ワカ村に戻り、そしてアリアに頼んで騎士団の派遣をしよう。

そう思って、シリウスは森から村へ戻る。

＊＊＊

ワカ村に戻ってきたシリウスは今、困っていた。

事態は逼迫《ひっぱく》していたため、村長に頼んで急ぎ村の顔役全員に集まって貰い、事情を説明したのだが――。

「どうしても駄目ですか？」

「うむ……アンタがアタシらのために言ってくれているのはわかるがの。村人が離れればもうこの村は死んでしまう」

村ごと避難を要請したシリウスの言葉に対して、スーリアの返事がこれだった。

そしてこれは、村人の総意でもある。

小さな村というのは、ちょっとしたことで潰れかねないものだ。

村人たちが日々、たった一日もサボることなく維持し続けるからこそ成り立っている。

「若い男もほとんどいない小さな村だ。ここで逃げ出してしまえば、もう二度とワカ村を今と同じように戻すことは出来ん」

「それはわかりますが……」

「騎士団を要請してくれるんだろう？　であればアタシらはそれまで残るさ」

それも一つの選択ではある。

あの森の奥にいたらしい正体不明の魔物が、この村までやってくるとは限らないからだ。

だがあの惨状を見る限り、奥にいたジャイアントオーガが入り口付近までいたのはあの魔物のせいなのは間違いない。

逃げてきた魔物は、自分より弱い獲物を狙う。

ともなれば、この村が狙われるのも時間の問題だった。

「……わかりました」

「すまんねぇ。もし魔物がこの村を滅ぼしたら、それはそれで天命だったと諦めるとも」

「そしたら騎士団が来るまでの間、俺もこの村に残って守ります」

シリウスの言葉に、この場にいた村の重鎮たちは目を丸くして彼を見る。

守る、と言ってもシリウスの言葉が本当であれば、ヤムカカンの奥にいる凶悪な魔物たちが村を襲うということ。

C級冒険者である彼がいても、大した戦力にはならないだろう。

「大丈夫です。これでも俺、結構やりますから」

「アンタ……」

「それに、村の近くに来る魔物だったら、俺でもなんとかなりますから」

もっとも、それは通常時の話。

森の入り口付近にいる魔物はたしかに弱くシリウスでもなんとかなるが、奥から来た魔物は無理だ。

それは本人もわかっているが、だからと見殺しに出来るなら、もっと早くに逃げ出している。

「それじゃあ、ちょっと手紙を書いてきますね」

村長宅を出て、シリウスは借りている家に戻るとククルが地面に文字を書いていた。

「あ、シリウスさん！　お帰りなさい！」

「うん、ただいまククル」

ククルはシリウスが無事に帰ってきたことで安心した顔を見せる。

しかしすぐに、彼の表情が強《こわ》ばっていることに気がついた。

「どうしたの？」

「……実はね――」

シリウスは森であった出来事をククルに話す。

もちろん、彼女のおかげで怪我無く戻ってこられたことも含めて。

「おまじない、うまくいってよかった」

死ぬような目に遭っていたシリウスを助けることが出来たククルは、心の底からホッとする。

この世界にやってきて、誰よりも信頼出来る人なのだ。

もしいなくなってしまったら、一人でこの世界を生きられる自信もなかった。

「本当にありがとう」

「ううん。私がシリウスさんにして貰ったことに比べたら大したことないよ。それで……」

ククルが少し言いよどむ。

森の状況を聞いた彼女は、逃げるべきだと考えていたのだ。

だがそれを、この人が聞いてくれるはずがないのもわかっていた。

「俺は村に残るよ」

「……シリウスさんはそう言うよね」

「うん。だって、このままにはしてられないからね」

まっすぐと、当たり前にそう言うシリウスを説得しようとは思わない。

ここで逃げることを選ぶような人であれば、ククルは今ここにいないのだから。

「ククルは商人が来たら一度街に――」

「それなら、みんなが死なないように私が守る！」

「ええ……」

まさかの返事にシリウスは困った声を上げてしまう。

ククルが凄い力を持っているのはもちろん知っているし、それを当てにしていないと言えば嘘《うそ》になる。

だがそれとこの村に残ることはまた別問題だ。

「あのねククル。この村にいたら危ないんだよ」

「それはシリウスさんも一緒だもん」

「俺は冒険者だから……」

そう言った瞬間、ククルは自分の冒険者カードを見せる。

「私も冒険者！」

「そうだけど……そうなんだけど……」

困った、とシリウスは思う。

自分一人の身すら守れないのに、彼女を危険な場所に残すことにどうしても納得出来そうになかったのだ。

だがしかし、実際のところククルがこの村にいれば、強い魔物がやってきたときに助けになるのも間違いない。

あの強化魔術がいつ解けるかわからず、もし騎士団がやってくる前に効果が切れてしまえば、シリウスでは魔物に太刀打ち出来ないからだ。

「大丈夫！　いざとなったら隠れるから！」

「う、うぅ……」

危険な目に遭わせたくないという気持ちが強く、しかしそれでも――。

「……わかった」

「本当!?」

「うん。一緒にこの村を守るの、助けてくれるかな？」

シリウスの言葉に、ククルは満面の笑みで頷《うなず》くのであった。

第七章　ヤムカカンの守護者

ヤムカカンの森の異常事態に対して、シリウスたちがやるべきことはワカ村を守ることだ。森の調査も必要ではあるのだが、現状そこまで手を回すことが出来る状況ではなかった。

「せめて、アリアが来てくれたら話は変わるんだけど」

エルバルド王国最強の円卓騎士――ラウンズ。

一騎当千と謳《うた》われる、騎士の中の騎士である彼女がいれば、森の調査もそこまで苦労はしないはずだと思った。

とはいえ、王国の切り札とも言える存在は、簡単に身動きは取れないものだ。

前回は貴族が相手だったから出てきてくれたが、本来は一冒険者でしかないシリウスが呼び出していいような相手ではない。

「手紙は出したし、アリアならきっと助けてくれる。だから騎士団が派遣されてくるまで、俺たちがしっかり守り切らないと」

「あの人の場合、シリウスさんが頼んだら自分で来そうだけどね」

「ははは、そうしてくれたら心強いけど、アリアはラウンズで侯爵令嬢だからね。簡単には動けないよ」

そうかなぁ、と若干疑っているククルだが、一先《ひとま》ずそれは置いておく。

「とにかく、魔物がこの村に近づかないようにしないといけないから、俺はまた森の入り口で警戒しながら間引きしていくよ」

魔物というのは、強い相手に敏感だ。

入り口より少し奥くらいの場所に死体を並べれば、奥に引っ込むかもしれない。

とはいえ、その程度で解決するなら危険な魔物たちが奥から出てくるはずもないので、シリウスも期待はしていなかったが。

「シリウスさん……」

「そんなに心配そうな顔しなくても大丈夫。ククルのおまじないもあるからね」

それに今回は、そんなに長く森にいるつもりもなかった。

シリウスがいないうちに、弱い魔物がワカ村に行ってしまうかもしれないからだ。

「じゃあ、行ってくる」

「うん。私も出来ることしておくね」

そうしてシリウスは再びヤムカカンの森に入る。

前回来たときと同様の雰囲気だが、ジャイアントオーガはいなかった。

代わりに数匹のフェルヤンクルと、ヤンクルが群れになって集まっている。

木々の隙間からそれを見たシリウスは、額から一滴の汗を流した。

「やっぱり、魔物たちも今の状況を警戒してるみたいだな……」

本来フェルヤンクルももっと森の奥にいるべき魔物だ。

それがこんなに入り口の近くにいるとなると、森から出て村を襲うのも時間の問題だろう。

「……大丈夫」

シリウスは緊張して震える自分の手を見て、一度握り込む。

自覚をしてみれば、たしかに自分の身体《からだ》にとてつもない力が宿っているのがわかった。

ククルの魔術が効いているのだ。

「大丈夫」

もう一度自分に言い聞かせながら顔を上げて、フェルヤンクルたちを見る。

これまでであれば、餌になってしまうような危険地帯だが……。

「行くぞ！」

地面を強く踏み、一気に飛び出す。

前回はその力に振り回されていたが、今日は違う。

『――!?』

魔物の群れがこちらに気付いた。

——だけど、遅い！

ヤンクルは無視して、この群れのボスであるフェルヤンクルに斬りかかる。

以前は鋼のように硬くて剣も通らなかったその身体だが、まるで水を斬るがごとくあっさりと斬り裂けた。

「よし！　いける！」

断末魔の叫びが森に響く中、シリウスはすぐに返す刀でもう一匹のフェルヤンクルを斬る。

ボスがやられ困惑しているヤンクルたちを睨《にら》むと、警戒したがまだ逃げる様子はなかった。

——良かった。

これで一目散に逃げられる方が不味《まず》いと思っていたので、ホッとする。

群れの指揮を執るフェルヤンクルを先に倒したのが功を奏したのだ。

どうするべきか悩んでいるヤンクルたちに、シリウスは迫る。

ベテラン冒険者である彼にとって、たとえ数が多くとも自分より弱い魔物を相手にするのはそう難しいことではなかった。

すべての魔物を倒したシリウスは、返り血を拭いてからしばらく森を散策し、見つけ次第魔物を倒してその場に捨て置く。

血の匂いに敏感な魔物にとって、この辺りにいたら殺すぞと警告したのだ。

同時に、餌として置いておくことで村まで出てくる必要性をなくすのが目的だった。

「ふぅ……一先ずこれくらいでいいか」

日没が近くなったので、シリウスは森を抜ける。

「……は？」

そして、あり得ない光景を目の当たりにした。

ワカ村があった場所に、巨大な壁が出来上がっていたのだ。

「えっと……ワカ村は？　じゃなくてあれってまさか……？」

思わず駆け足でそちらに向かうと、おおよそ五メートルほどの巨大な壁がワカ村のあった場所を囲うようにぐるりと建てられている。

規模は小さいが、城塞都市の城壁のような状態。

これならヤムカカンの森から魔物が出てきても、防いでしまうだろう。

「あった」

丁度森と反対方向に、人の通れる入り口が存在した。

どうやらまだ入り口は完成前らしく開きっぱなしであるが、それでもこれまでと比べれば防御力も段違いな城壁。

ただ、森に行くときはなかったそれを見て、シリウスは一つのことに思い当たる。

「これやったの、多分ククル、だよな？」

一先ず中に入ると、村人の男たちが慌ただしく動き回っていた。

そのうちの一人がシリウスに気付いて、近寄ってくる。

「あ、シリウスさん！　ククル様がお待ちしてますよ！」

「え、あ……はい？」

――ククル、様？

その言葉を聞いて、シリウスは少しだけ嫌な予感がするのであった。

＊＊＊

ククルは村長宅にいると聞いて中に入ると、村長、スーリアがいて、ククルはそこで毛布に包《くる》まって寝ている。

「ただいま戻りました」

「おお、シリウスか。よく戻った」

「はい、ところで……あの城壁はいったい」

「この子だよ……」

スーリアは床で寝ているククルを指さすと、その頭を優しく撫《な》でる。

「やっぱり……」

「この子は本当に、神様が遣わした天使なのかもしれんなぁ」

そう遠い目をしながら、スーリアと村長は昼間にあったことを語り始める。

シリウスが出て行った後、村人たちは各自が自分に出来ることをやり始めた。

男は武器になりそうな物を集め、女は食料や道具の手入れを。

普段農業をしている男たちが出来ない分負担もあったが、そこは農家の女たち。

みな逞《たくま》しく、村を守るためならと誰も文句は言わずに動いていた。

そんなとき、ククルがスーリアの家にやってくる。

彼女は最初、なにかを言いたげにしていて、しかしうまく言い出せなかったらしい。

しかし一緒にやってきたリリーナに背を押され、一言。

——私がこの村を守ります。

そう言うと村の外まで出て行き、地面に手を当てると凄《すさ》まじい地響きがして、大地が盛り上がって今の形になったという。

「力を使いすぎたのか、それ以来ずっとここで眠っておる」

「そうでしたか……」

「長く生きてきたが、こんな奇跡を見たのは……アンタの大怪我《おおけが》を治療したとき以来だな」

結局、どちらもこの子の仕業だ。とスーリアは優しげな笑みを浮かべた。

「なんにせよ、これなら魔物が森からやってきても平気だろう」

「はい。村に入るときに少し見て回りましたが、相当頑強な壁みたいですし、ヤムカカンの森には飛べる魔物はいないはずなので」

高さはともかく、分厚さを考えればガーランドの城壁に匹敵する堅牢《けんろう》さはあるだろう。

たとえジャイアントオーガがやってきても崩すことなど出来るとは思えなかった。

「だから、アンタも危険を冒して森に行かんでもいいんだよ」

「え？」

「この子もそれを望んでおるだろうからな」

その言葉に、シリウスは寝ているククルに視線を向ける。

むにゃむにゃと口元を緩ませて、良い夢を見ているようだ。

「……」

これがどれだけとんでもない力なのか、長年冒険者をしていたシリウスはよくわかる。

なにせ城壁だ。

ククルが軍に所属していれば、自国に城塞都市を生み出すことも、そして他国へ侵略しようとすることも自由自在になってしまう。

いつでもどこでも軍隊を入れることのできる『砦《とりで》』を作れるという、あまりにも強すぎる力。

「俺はこの子の力を、どうしてやるべきなんでしょうか？」

「さてね。それはアンタが決めることじゃないよ。ただ言えることは、この子のおかげで私たちの村は平和でいられるってことだ」

「……そうですね」

たとえシリウスが魔術で強化されていても、魔物が襲ってきたら被害は大きかっただろう。

出来る出来ないは別として、今回のククルのやったことは誰一人被害を出さない最良の方法なのは間違いない。

同時に、これほど大きな力を使ってしまえば、もう見逃されることもないのではないかと不安に思う。

「……アンタも森に行って疲れただろう？　色々と聞くのは明日にするから、今日はもうお休み」

「そうさせて貰《もら》います」

シリウスは寝ているククルを抱っこする。

「こんな小さな身体なのに」

自分が一人になり、そして冒険者になったときよりもさらに小さい。

それでいて、村を覆う城壁を生み出してしまう力を持っている。

「……どうしたらいいかなぁ」

村が襲われる懸念はなくなったが、その代わり別の問題が浮き彫りになってきた。

とりあえず、明日ククルが起きたら話をしようと決めて、シリウスは自分たちが住んでいる家に戻るのであった。

＊＊＊

翌朝。

シリウスが目覚めると、ククルを抱きしめていた。

子ども特有の体温というのは実に心地よく、昨日の疲れもあってしばらくこのままで――。

「お、起きたなら離してー」

「あ、ごめん」

ククルはシリウスに抱きしめられて身動きが取れなかったため、されるがままになっていただけで、起きていたらしい。

腕を離すと彼女は小動物のような動きで飛びはねて、布団から出てしまった。

「……おはようシリウスさん。怪我とかはしてない？」

「うん。ククルのおかげで大丈夫だよ」

そう言うと彼女はホッとしたように笑う。

最初に出会ったときは常におどおどとしていた彼女だが、ここ最近はよく笑うようになった。

「……」

「シリウスさん？」

「なんでもないよ。とりあえず朝食にしよっか」

そうして一緒に朝食を取りながら、今後のことについて話し合う。

「え、じゃあまた森に行くの？」

「ククルのおかげで村の心配がなくなったからね。出来る調査はしておかないと」

森で何度か戦った結果、ククルから与えられた魔術の感覚はおおよそ摑《つか》めた。

この辺りは、才能よりも地道にやってきた成果とも言えよう。

少なくとも一度与えて貰えば一日保《も》つというのもわかっているので、無茶をしなくとも森を散策出来るのだ。

「でも、危ないよ……シリウスさんが無理してやらなくても、騎士の人が来てくれるんだから任せちゃえば……」

「普段ならともかく、今はククルの魔術があるからさ。少しだけ頑張ろうかなって」

心配してくれるククルに笑顔を見せる。

本人が言うように、普段であれば命あっての物種で、こんな無茶はしない。

だがしかし、それでも出来ることは全力でする。

それがこれまで培ってきた、シリウスの生き方だった。

＊＊＊

ヤムカカンの森の中。

シリウスは魔物たちを倒した場所に向かう。

「……死骸はもうない、か」

地面に血を吸収した跡は残っているので、ここで間違いはない。

じっと見つめると、魔物らしい足跡がうっすら付いているので、そちらの方へと向かっていく。

すぐに、数匹の魔物――ゴブリンを見つけた。

本来なら森の入り口付近はヤンクルなどの縄張りだが、今は森の奥からジャイアントオーガなど上位がやってくるせいで狩りもままならないのだろう。

死んでいる獲物を漁《あさ》り、分け合う姿は生命として正しい。

しかしゴブリンは森から出て人里を襲うタイプの魔物。

現状、ここで見逃すわけにはいかなかった。

「これで良し……」

ゴブリンたちを倒し、そして再び奥へ。

普段なら入らないところまで進むと、今度はジャイアントオーガとフェルヤンクルの群れが戦っていた。

「縄張り争いか」

普通であればそれぞれ種族ごとに縄張りがあるためそう簡単には起こらないはずだが、今は森の生態系がおかしくなってしまっているのか、魔物同士の争いも激化しているらしい。

数はフェルヤンクルの方が多いが、優勢なのはジャイアントオーガだ。

腕に噛《か》みついても地面に叩《たた》きつけられるなどして潰れてしまい、どんどん数が減っていく。

しばらくして、すべてのフェルヤンクルを倒したジャイアントオーガが醜悪に笑う。

どうやらこのまま食事に入ろうとしているらしい。

――今だ！

シリウスはしゃがみ込んだ瞬間を狙い、一気に駆け出す。

ジャイアントオーガもこちらに気付いたがもう遅い。

立ち上がる前にその首を刎《は》ね飛ばし、倒してしまった。

「本当に、凄《すご》い効果だな……」

本来は鋼よりも硬い皮膚をしているはずが、あっさりと斬れてしまった。

未知数だった力にも慣れてきた感じがする。

「これなら……」

前回は危険を感じて調査が出来なかった洞窟。

しかし今回の原因の大本はそこにある気がする。

「行ってみるか……」

シリウスは奥へ奥へ。

時々見つける魔物の群れは適度に倒し、そのまま進んでいく。

「え？」

調査だけのつもりだった。

無理をするつもりはなかった。

だがそれでも危険は向こうからやってくるもので――。

「なっ……!?」

シリウスの進んでいる先に巨大な黒い蛇がいた。

人の身体が三人入っても余裕がありそうなほど太い身体で、全長は十メートルを超えている。

見たこともない魔物だ。

だが威圧感はジャイアントオーガの比ではなく、あれが普通よりもずっと強い魔物だということはすぐにわかった。

逃げるべきか、と悩んだせいで動きが遅れてしまう。

シリウスの存在に気付いていた大蛇はシリウスを睨むと、一気に木々を抜けて迫ってきた。

「ヤバ……!?」

もう逃げられないと剣を構えるが、止められるとは思えなかった。

大きく口が開き、鋭い歯と唾液が近づいてくる。

丸ごと呑《の》み込もうとしている、と思ったときには横っ飛びすることで躱《かわ》せたが、大木が一気になぎ倒された音にぞっとする。

──もう少しで、死んでた！

こいつだ、こいつがヤムカカンの森をおかしくしている原因だ。

そうだとわかっても、もはやどうしようもない。

冒険者歴の長いシリウスは直感で、ククルの魔術で強化して貰った自分でもこの魔物には勝てないのだとわかってしまったからだ。

「……くそ！　どうする!?」

距離を取り睨み合いながら、シリウスは焦りを隠せなかった。

心臓はドクドクと激しく音を立てて、手は汗で剣を滑り落としそうになる。

──死ぬ？

そう感じた瞬間、突然大蛇が視線を外した。

大蛇の表情は獲物を狩るつもりと異なる、なにかを警戒したもの。

そして──それはすぐに来た。

『ガァァァァァ！』

森を駆け、小さな影が大蛇に襲いかかる。

大きさはシリウスの顔ほど。

影だけ見ればボールのようにも見えるそれは、白と黒の体毛を纏《まと》った小さな虎だった。

「な、なんだ？」

シリウスは驚き、思わず身体を止めてしまう。

虎は鋭い爪を立てて大蛇の顔に襲いかかり、すぐに森の中へと消えた。

片目をやられて悲鳴を上げる大蛇。

森を駆ける小さな音。

それらが交ざり合い、そして徐々に白黒の虎が再び近づいてくるのがわかった。

「ガァァァァ！」

そして虎が再び大蛇に迫る。

反撃をしようと大蛇も巨大な体軀《たいく》でぶつかりに行くが、虎は巧みにそれを躱して反対側の目も切り裂いた。

その瞬間、虎と目が合う。

とても野生の獣とは思えない、澄んだ瞳だ。

「なんだかわからないけど、今しかない！」

シリウスは走る。

苦痛に暴れる大蛇をよく見て、躱し、そしてしっかり握り込んだ剣でその首を斬る。

切断まで至らなかったせいで、大蛇はさらに悲鳴を上げながらも暴れ始めた。

「逃がさない！」

虎がシリウスの斬った部分をさらに抉《えぐ》る。

そして深く傷ついた箇所を、さらにもう一度。

『ギャアァァァァ!?』

森中に響き渡るような断末魔の叫びとともに、大蛇の首は飛んでいった。

ビクビクと暴れ回る首より下の胴体。

しかしそれも、大量の血液が大地に水たまりを作る頃には弱くなっていき、そして次第に動かなくなった。

「か、勝った……?」

思わず力が抜けて座り込んでしまう。

巨大な大蛇を見て、自分が生き残れたことに驚きすら感じていた。

——危うく死ぬところだった。

心の中で独りごちていると、白黒の虎がゆっくりとシリウスに近づいてくる。

そうしてじっと見つめてきた後、匂いを嗅いできた。

「なんなんだろう、この子」

どうやら敵意はないようなので、しばらくされるがままにしておく。

猫より少し大きいくらい、虎にしては明らかに小さい。

あれだけの動きが出来る以上、魔物なのだろうが——。

「助けてくれたんだよな……」

それに魔物にしては悪意もなにも感じなかった。

よく見れば、あちこちに怪我をしているし、汚れてもいる。

もしかしたら、何度もあの大蛇に挑んでいたのかもしれない。

そう思うと、このまま放っておけそうになかった。

「……一緒に来る？」

『がう』

こちらの言葉がわかっているのか、虎はじっとシリウスを見た後、そう一言鳴くのであった。

＊＊＊

森から出ると、やはり威圧的な城壁が目に入る。

そして腕の中には猫のように抱っこされている虎の存在。

シリウスとともに行くと決めたらそのまま懐くように腕の中に潜り込み、そして寝てしまったために抱きかかえてきたのだ。

「微妙にイビキが……」

抱っこした状態のため、耳元にグルルルル、というイビキが聞こえてくる。

同時に生暖かい息が何度も当たり、微妙な気持ちになりながらワカ村に戻っていった。

ワカ村に入ると、最初に村長宅へ。

スーリアがやってくるのを待って、二人に事情を説明する。

「というわけで、多分もう大丈夫だと思います。とはいえ、念のため騎士団には調査をして貰いたいと思うんですけど……」

「そうか。結局最後まで頼り切りになってしまったの」

「いえ、今回は俺が勝手にやったことですから」

「そういうわけにはいかんだろう。とはいえ、村から出せる金銭は……」

悩んでいるスーリアに、シリウスも困ってしまう。

元々、困っていたから少し手伝おうと決めたのは自分の意志だ。

しかもククルがこの城壁を作った時点で、無理をする必要すらなかった。

だから謝礼を貰う資格などないと思っているのだが——。

「まあこれに関しては、改めて領主様に相談してみよう。村の一大事を救ったんだ。悪いようにはしないだろうからね」

「あ、ありがとうございます」

「ところでこれ以上スルーするわけにはいかんから尋ねるが……その魔物はどうするつもりだい？」

胡座《あぐら》をかいたシリウスの足の中をベッドとでも思っているのか、虎はグースカ眠っていた。

まだ幼さの残る様子は愛らしさもあるが、さすがに魔物が相手だとスーリアも村長も困惑せざるを得ない。

「えっと、とりあえず敵意はない子で、怪我もしていたので治るまでは面倒見ようかなと」

「まあこの村を助けてくれた恩もあるから殺せとは言わんが……虎の魔物などヤムカカンの森にはいないはず……？」

そんな会話をしていると、不意に虎が目を覚ます。

じっとスーリアたちを見てから、一度大きく欠伸《あくび》をして、再び眠ってしまった。

「まあ、こんな感じなので」

「警戒するのも馬鹿馬鹿しくなるのぉ」

結局、シリウスが面倒を見るなら追い出す必要はない、という結論になってホッとする。

「ん？」

扉の外から視線を感じて見ると、ククルが待っていた。

どうやら大人の話が終わるまで待っていてくれたらしい。

「それじゃあ、とりあえず報告は以上です。騎士団が来たら説明とかもしないといけないので、まだしばらく村に滞在させて貰いますが……」

「ああ、好きに過ごしな。アンタらは、ワカ村の救世主だからな」

そんな大層な人間じゃない、と言い返そうと思ったが、村が滅ぶ可能性は十分あったことを考えると、ここは敢《あ》えて謙遜する必要はないと思った。

ただ曖昧に笑い、そして虎を抱えるとククルの方へと歩いていく。

「それじゃあ帰ろうか」

「……うん」

ククルは腕の中の虎が気になる様子だが、この話は家で落ち着いてからでいいだろう。

そう思っていると、ククルはペタペタとシリウスの身体を触る。

大蛇との戦いのせいで少し怪我をしてしまったため、痛みがあった。

それが顔に出てしまったのだろう。

ククルの顔が少しだけ険しくなる。

「無茶はしないって、言ったのに」

「あ、はは……」

「家に帰ったら、まず怪我を治す」

「うん。よろしくお願いします」

「その後はお説教だからね！」

二人のやりとりは子どもに怒られる父親の図であったが、本人たちはそれに気付くことはなかった。

＊＊＊

家に帰ってからは治療を受けつつ、改めて事情を説明。

大量の魔物の件。大蛇の件。そして、虎の魔物の件。

「そう、この子がシリウスさんを助けてくれたんだ」

「うん。命の恩人だよ」

人じゃないけど、と茶化すことはない。

なぜなら本当に、この虎がいなかったらシリウスは大蛇の餌になっていたからだ。

しかしいったい、この虎はなんなのだろう？

そう思っていると、ククルが不意に口を開く。

「この子、魔物じゃないよ」

「え？」

「精霊だって」

どうやらククルが持っている『大賢者の加護』では、そんなこともわかるらしい。

「名前はヤムカカン。だから、あの森の化身……なのかな？」

「精霊って……しかも森の化身って言ったら伝説上の生き物じゃないの？」

「そうなの？　うーん……私も知識があるわけじゃないから、その辺りはよくわからないけど……」

シリウスも長く冒険者をやっているため、精霊という存在がいることは知っている。

しかしそれの多くは物語に出てくる程度の話。

曰《いわ》く、魔王討伐の勇者と共にある者。

曰く、世界の守護者。

そこまでくるともはや創作上の存在だが、少なくともそれくらい珍しい生き物だという。

現存する精霊もいるが、それはエルフの国の奥で守られたりしていて、街中にいるものではなかった。

「そんなに凄いんだ」

「そうだね。少なくとも、この国の人間で精霊と関わったことのあるような人がいたら、噂《うわさ》になってたと思う」

「ふぅん。こんなに可愛《かわい》いのにね」

治療のため今はククルが抱きかかえているが、まるで子どもが人形を持っているような愛らしさがある。

しかしそれが、片や村を覆う城壁を生み出してしまった大魔術の使い手で、片や精霊ともなれば、とんでもない絵面である。

「でもさすがシリウスさんだね」

「え？　なにが？」

「だって精霊に助けられて、しかも懐かれるなんて……魅力チートは健在だなって」

「いやぁ、たまたまだよ」

そう言うが、ククルにあまり納得した様子は見られなかった。

ただ共闘したこともあり、なんとなく親近感も湧いているのは事実。

「この子のおかげで生き延びられたから感謝はしてるけどね。傷も治ったことだし、また森が平和になったのを確認できたら帰してあげよう」

「うん……でもなんとなく……」

「ん？」

「この子、シリウスさんから離れないような気がする」

そんな予想をしつつ、ククルは白と黒の毛並みを優しく撫でるのであった。

第八章　ワカ村防衛戦

シリウスが大蛇を倒した翌日。

「かぁわぁいぃいぃいぃ！」

そんな声を上げるのは村の少女、リリーナだ。

彼女は家に遊びに来るなり、ククルに抱っこされている虎を見ながら瞳を輝かせてそう叫ぶ。

「なにこれなにこれ！　えぇぇぇなぁぁぁにこれぇぇぇ！」

「リリーナ、うるさい」

「ちょっとククル！　そのまま！　そのまま動かないで！」

煩わしそうにするククルの言葉など聞く耳持たないと言わんばかりに、リリーナははしゃぎっぱなし。

ククルの腕の中にいるヤムカカンも同じような顔をしていて、ちょっと面白いと思った。

――気持ちはわかるな。

たしかに五歳ほどの見た目のククルと、赤ちゃんとは言わないが小さな虎の組み合わせは、なんとも言えない可愛《かわい》さがある。

「ねえねえ、名前なんて言うの!?」

「ヤムカカン」

「じゃあカー君だ！　ねえねえ、私も抱っこしてもいい!?」

リリーナが笑顔で手を伸ばすと、ヤムカカンは一瞬ギョッとする。

そしてククルに向けて小さく喉を鳴らし、顔を背けた。

「駄目だって」

「そんなー」

「あはは、まあリリーナもそんな勢いで迫ったら、ビックリさせちゃうから落ち着こうね」

不思議なことに、ククルはヤムカカンと意思疎通が出来るらしい。

そのおかげで精霊という種族であることなど、色々と理解することが出来た。

「……カー君呼びは可愛いかも」

『っ――!?』

まさかの裏切りに、ヤムカカンが再びギョッとした顔でククルを見つめる。

シリウスには意思を理解することは出来ないが、それでも今の表情は理解できた。

とはいえ、ククルは意外と気に入っているのかカー君呼びを推奨し始める。

『……』

ヤムカカンがシリウスを見る。

どうやら意思を伝えても変えてくれる気配がないため、保護者であるシリウスに望みをかけたらしい。

――一緒に大蛇と戦った仲だし、ここは助け船を……。

「ねえシリウスさん。カー君って呼び方、可愛いよね」

「そうだね」

『っ――!?』

ククルの笑顔の前に、否定など出来るはずもなく、シリウスはその呼び方を受け入れることにした。

またも裏切られたヤムカカンはショックを受けた目で見てくるが、仕方ないのである。

「まあでも、俺はヤムカカンってちゃんと呼ぼうかな」

「えー、カー君の方が可愛いよー」

リリーナが便乗するようにそう言うが、当の本人は首を横に振っているのでさすがにかわいそうになってきた。

ヤムカカンはククルの腕から飛び出すと、そのままシリウスの足下に来る。

どうやら抵抗の意思を見せつけているらしい。

――ククルに直接意思を伝えられて駄目なんだから、その行為は意味ないんじゃないかな？

そう内心で思うが、とりあえず好きにさせる。

「シリウスさんとククルには懐いてるんだ。いいなぁー」

「あはは。まあでも賢い子だから、リリーナもすぐに仲良くなれると思うよ」

同じ猫耳だし、と言ったらヤムカカンが怒りそうだから言わないでおく。

「さあ二人とも、せっかくだから外で遊んでおいで」

「シリウスさんはどうするの？」

「俺はちょっと、城壁の上を歩いてくるよ」

そう言ってシリウスは家から出て、村を覆っている城壁を見る。

「凄《すご》いもんだよな……」

村を守る城壁は、ククルの力によって生み出された物だ。

すでに森の奥にいる大蛇も死んで、森の魔物たちが村まで出てくることはほぼないと思われる。

とはいえそれで村人たちの不安が消えるかと言われると、そんなことは当然ない。

イレギュラーが解決したとしても、魔物がやってくる危険性を考えたら、あの城壁はなくさない方が『村人にとって』は良いのだ。

「でもそうなると、説明しないわけにはいかないよな……」

これから来るであろう騎士はアリアの直下部隊だろうからすぐに悪いことにはならないだろう。

だが彼らも組織に属している以上、この件を上に報告しないわけにはいかない。

そうなれば圧倒的な力を持った魔術師の存在は公になり、そして――。

「どうしたもんか」

城壁に登り、シリウスはため息を吐《つ》く。

少なくとも今この城壁をなくして、村人たちに口を噤《つぐ》んで貰《もら》えば、すぐにバレることはない。

幸いまだ行商人も来ていないので、噂《うわさ》になることもないからだ。

村を取るか、それともククルを取るか。

悩んだ末、彼女にこれから起こりうる未来についてきちんと説明をし、そして返ってきた答えは――。

『城壁を消したら、村の人たちが不安に思っちゃうんでしょ？　だったら残すよ』

ククルはごく当たり前のようにそう言った。

「立派だ。立派なんだけど……」

どちらにしても、いつまでも隠し通せるわけがないのはわかっている。

それでも、今はまだ早すぎるんじゃないかと、そう思った。

壁に登り、村を見渡す。

老若男女、誰もが安心した様子でこれまで通りの生活を送っていた。

そして振り向き、村の外を見る。

歩いていける程度のところに広がる大森林。

もしまた今回と同じような出来事が起きたとき、すぐに対応出来るかどうかわからない。

この壁があれば、そんな危険から彼らを守ることが出来るのだ。

「せめて来るのがアリアだったら、色々と相談が出来るんだけど……ん？」

村が小さいため、高い壁から反対側もよく見える。

まだ小さな影だが、村に近づいてくる騎士団の一行。

「もう来てくれたんだ」

思ったよりも早く、そして多い。

おそらく二十人ほどの騎馬が急ぎの様子でこちらまでやってきていた。

「もう覚悟を決めないとな……」

こうしてはいられないと、シリウスは壁から降りて唯一の入り口へと走っていく。

この壁の説明をしなければならないし、騎士団なら顔見知りのため、自分が説明をした方がいいだろうという判断だ。

丁度森とは正反対側、今騎士団が向かってきている方向に入り口があるためすれ違うことはない。

壁から外に出てしばらくすると、騎士団は戸惑った様子で距離を取って止まった。

「おーい！」

手を振り、自身をアピール。

すると騎士団の中から一人飛び出してくる。

出来れば知り合いだったら……と思っていると、近づいてくるのは見覚えのある緋色《ひいろ》の髪の少女で――。

「え、なんでアリア？」

駆け寄ってきたのは、王国最強の騎士だった。

「シリウス！　大丈夫か!?」

「あ、うん……俺は大丈夫なんだけど……」

「そうか良かった！　心配したんだぞ！」

馬を下り、慌てた様子で手を握ってくる。

女性特有の柔らかい手ではなく、これまでずっと剣と共に生きてきたであろうゴツゴツとした手。

だがそれが彼女の努力の証《あかし》だと思えば、とても格好良いものに思えた。

「って、そうじゃなくて……なんでアリアが来てくれたの？」

「なんでって……シリウスが困っているなら助けに来るといつも言っているだろ？」

「そうなんだけど……でも君って忙しいんじゃ――」

「大丈夫だ。丁度暇だったからな」

アリアは凛《りん》とした表情で、柔らかく微笑《ほほえ》む。

ラウンズであり、侯爵令嬢でもある彼女に暇なんてあるんだろうか？　と思っていると副隊長が近づいてきた。

「隊長はまた、王女の護衛をほったらかして飛び出したんですよ」

「あ、こら副隊長！　それは黙っておけと言っただろう！」

「王女ぉ!?」

アリアと王女は年も近く親友同士であり、よく護衛をしているのはシリウスも知っていた。気心の知れた仲であるし、多少のことは大目に見て貰えるのだろう。

「いやでも、護衛をほったらかしにするのは不味《まず》いんじゃ……」

「大丈夫だ！　ちゃんと許可も取ったからな」

「いやいや……許可っていうか――」

「シリウスが大変だと聞いた。なら私は駆けつける。約束したからな」

そうして堂々と、そう告げられてなにも言えなくなる。

正直、男の自分が見惚《みと》れるほどに、アリアの在り方は格好良く思える。

ただ、彼女の隣に立つ副隊長は、呆《あき》れたように大きくため息を吐く。

「この調子なんですよ……まあ隊長自ら動いたので、これだけ迅速に来られたというのもあるのですが……」

「お前たちはすぐに情報がといって動きを鈍らせる。その数秒が大切な国民を失うかもしれないのだぞ」

「その分、我々の被害が出る可能性がありますから。人間は隊長と違って怪我もするし死ぬときは死ぬんです」

「いや、アリアも普通の女の子なんだから怪我《けが》くらいするよ」

そう言うと、副隊長は首を横に振った。

どうやら彼から見たアリアは、怪我もしないし絶対に死なない化物かなにからしい。

そんな扱いにも慣れているのか、アリアも気にした様子は見せず——。

「ところでシリウス。この壁はいったいどういうことだ？」

「あ……」

まさかアリアが登場するとは思っていなかった、忘れていた。

壁を見て、アリアを見て、もう一度壁を見る。

「あー……」

どう説明をしようかと悩み、とりあえず壁自体は無害なものだと説明してから村の中へと招き入れるのであった。

＊＊＊

アリアたち騎士団もワカ村には慣れたもので、それぞれが順番に入って馬を並べていく。

しばらくしたら、自分たちの住む場所を確保するのだろう。

そんな騎士団を見送り、シリウスはアリアを自分が借りている家に招き入れて、これまでの経緯を説明する。

「なるほどな」

「信じてくれるんだ」

「実際に目の前にあって、信じないわけにはいかないだろう」

ワカ村であった魔物の異常発生については手紙で説明をしていた。

だが大蛇のことはまだ出来ていなかったので、それを退治したこと。

そして、村を覆う巨大な壁を作ったのがククルだということ。

それらを説明し終えると、アリアは真剣な表情を見せる。

「それでシリウス、これからどうするつもりだ？」

「……」

アリアが言っているのは、これからのククルについて。

シリウスでもわかることを、貴族社会で過ごしている彼女がわからないはずがない。

「……まあ、簡単に答えの出せる問題じゃないか」

「俺は、ククルが普通の子みたいに過ごして、その上で決められたらってずっと思っていたんだ」

「私もそれが良いと思っていたさ」

アリアの言葉は過去形。

つまり、彼女からしてももう手遅れだということ。

「義父上《ちちうえ》に頼んで、出来るだけ良い人がいないか聞いてみよう」

「それって、貴族の子になるってことだよね？」

「ああ。これほどの力を秘めていては隠しようがないし、下手に市井に紛れ込ませて生活させるのは危険すぎる」

その言葉に、シリウスは少しだけ胸が締めつけられたような気がした。

――わかっていたことだ。

たとえククルが力を隠していたとしても、いつかは別れが来る。

ただそれまでは、保護者として彼女の行く末をちゃんと見守ろうと思っていた。

――もし俺が凄い冒険者だったら……。

そんな想《おも》いが脳裏に浮かび、すぐに首を横に振る。

一番に考えなければならないのは、ククルがどうすれば幸せになれるかどうか、なのだから。

しばらくして、リリーナやヤムカカンと外で遊んでいたククルが家に戻ってきた。

神妙な雰囲気の二人を見て、なにかがあったのだと理解した彼女は、まずシリウスを見る。

「おかえりククル」

「ただいま……」

「話があるんだ。こっちに来てくれる？」

その言葉に、ククルは来るべき時が来てしまったのだと理解する。

この力のことは事前に気をつけるように言われていたのに、あれだけ派手にやったのだ。

そのうえで、ワカ村の安全を優先して壁を消すこともしなかった。

――でも、自分で決めて納得したことだから。

それがククルの本音だった。

シリウスとアリアが隣同士に座っているため、ククルはその正面に座る。

二人とも真剣な表情でこちらを見ていて、居心地が悪かった。

「ククル、君の力はとても大きいものだ」

「うん……」

「今はまだアリアの騎士団しか知らないけど、それももう隠し通すのは無理らしい」

「うん」

当然だろう。

仮に今からこの壁をすべてなくしたところで、どこから情報が漏れるかわからないのだ。

そのとき、隠していたことがバレればアリアたちに迷惑をかけてしまう。

おそらく自分はこのまま貴族の養子か、監視下に置かれるか、どちらにしてもこれまで通りにはいられないだろう。

――大丈夫、覚悟はもうしてた。

これから告げられるであろう言葉に耐えるため、指をぎゅっと握る。

「だから——」

「た、大変だよー！」

「「っ——!?」」

シリウスが言葉を続けようとした瞬間、リリーナが焦ったような声を上げて入ってきた。

すぐさま近くにある剣を握るアリア。

王国最強の騎士に恥じぬ動きで立ち上がると、すぐにリリーナを見る。

「何事だ!?」

「も、森から魔物が！　大量の魔物がこっちに向かってるって！」

「なっ——!?」

その言葉にシリウスが驚き、そしてアリアは無言で飛び出す。

「ククル、話は後で！　君はここで待ってて！」

「う、うん……」

シリウスは飛びだし、残されたククルは不安そうな顔をする。

そんな彼女の足下では、ヤムカカンが小さく喉を鳴らして心配そうに見上げていた。

状況を確認するため壁に登ったシリウスたちは、森から向かってくる夥《おびただ》しい数の魔物にぞっとする。

「あれ、ヤムカカンの森中の魔物が来てるんじゃ……」

「そうかもしれないな……」

ヤンクルやフェルヤンクル、ジャイアントオーガ。それにマッドスパイダーなど、普通なら森から出てくるはずのない魔物たちが迫ってきている。

あり得ない事態だが、戸惑っているばかりではいられない。

「どうしようアリア！」

「……ただ迎え撃つだけでは、被害が増えるな。副隊長！」

「はっ！」

「私は単騎で出て魔物の群れを掃討する！　その間、この壁をうまく利用して魔物を一匹も村に入れるな！」

「承知しました！」

その言葉とともに、アリアは壁から飛び降り、魔物の群れに向かっていった。

近くにいる騎士たちは誰も彼女の心配をしていない。

なぜなら彼女こそ、史上最年少でラウンズに入った『最強の騎士』だと誰もが認めているから。

アリアと魔物の群れがぶつかった瞬間、大量の魔物が宙を舞う。

それはそのまま奥へ奥へと進んでいき、上から見ると大きな波を巨大な剣が一刀両断しているようにも見えた。

「すごい……」

「ははは！　まあ隊長は化物みたいなものですからね」

そう笑いながらも、副隊長は周囲の騎士に指示を出し、壁に配置する。

その顔には焦りなどない。

「さぁて……騎士の国エルバルド王国最強の部隊。その力を見せつけてやりましょう！」

近づいてきた魔物たちは、壁に阻まれる。

しかしマッドスパイダーのように一部の魔物は壁をよじ登り始め――。

「イケェエエ！」

副隊長の甲高い声と共に、騎士たちが壁から飛び降りる。

そのまま壁に張りついた魔物たちを切り落とすと、周囲にいる魔物たちを一掃。

そしてすぐに外からやってきた騎馬隊に拾われて、入り口に戻ってくる。

「俺も手伝います！」

「シリウス殿、助かりますが無茶は厳禁ですよ。なにせ貴方《あなた》に怪我をさせようものなら、我々は魔物ではなく隊長に殺されてしまいますからね」

そんな軽口を叩《たた》く副隊長に笑いながら、シリウスも他の騎士と同じように壁から飛び降り、魔物たちを一掃する。

普段ならそんなことは出来ないのだが、今はまだククルの魔術の効果が続いていたから出来た芸当だ。

「おいおい、いつからガーランドのC級冒険者はこんな強くなったんだよ」

「これは助かりますね！」

周囲から驚きと感心した声が聞こえてくる。

先に降りて魔物と戦っていたアリアの部隊の騎士たちだ。

「今だけですよ。ちょっと力を借りてるんです！」

「どんな理由であれ、ありがたい話だ！　隊長は化物として、副隊長は人使い荒すぎて猫の手も借りたいくらいなんだからな！」

「猫の手っていうよりは、虎の牙って感じですけどねぇ！」

魔物に囲まれた状況でも笑いが絶えず、どんどんと駆逐してく騎士たち。

副隊長といい、やはりエルバルド王国の騎士たちは凄いと思いながら、シリウスはやってきた騎馬隊に拾われて一旦戦線を離脱する。

——これなら守り切れる！

そう思っていると、遠くでとてつもない雄叫《おたけ》びが聞こえてきた。

「なんだ？」

ヤムカカンの森を見ると巨大な蛇が現れた。

遠くからでもはっきりとわかる、信じられない大きさだ。

森で戦った大蛇などとは比べものにならないそれは、いったいどこにいたのかと思うほどで——。

「あんなの、いくらアリアでも!?」

大蛇がなにかと戦っている。

それがアリアだというのはわかったが、いくらなんでも規模が違いすぎた。

あれはもう人の戦える相手ではなく、攻城兵器などでようやくダメージを与えられるほどの——。

「いや、隊長は人間を辞めてるから大丈夫——って言いたいところだが……」

「さすがにあれはやばいかもしれませんね……」

一緒に戻ってきた騎士たちも同じことを思ったのか、不安そうな声を上げる。

遠目からでもわかる戦いの激しさは、終わる気配を見せない。

アリアが抑えているからだというのはわかるが、逆に言えば彼女ですら倒しきれない相手であるということだ。

「……アリア」

シリウスは再び壁に登り、状況を見ながら呼吸を整える。

騎士の数は二十ほどなので、一度陣形が崩れればあっという間に呑《の》み込まれてしまうため、勝手な動きは出来ない。

「シリウスさん！」

そうして剣に力を入れて飛び降りようとしたとき、ククルが壁に登ってくる。

「ククル!?　ここは危ないから来ちゃ駄目だ！」

「それより今はあれをなんとかしないと！」

ククルの言う『あれ』とは、ヤムカカンの森付近で暴れている大蛇のことだろう。

「なんとかって言っても……」

紛れもなく王国最強の騎士の一人であるアリアがあれほど苦戦をしている相手。

そもそも大きさ的に、人が相手に出来る規模を大きく超えている。

あれだったら、まだドラゴンを相手にした方がマシだと多くの冒険者は言うに違いない。

だが――。

「カー君がいるから大丈夫！」

「ヤムカカンが？」

見れば、ヤムカカンは鋭い瞳で大蛇を睨《にら》んでいる。

これまでいなかったはずの大蛇。そして突如現れた精霊。

それらは実は関係があるのかもしれないと思った。

「大蛇の名前はユルルングル……ずっと昔にカー君に封印されたんだけど、私が生まれたことで封印が解けて復活しちゃったの」

ククルは震える身体《からだ》に活を入れるように、ユルルングルを睨む。

これは自分の責任だと、そう言った。

「だから私たちがやらないと……」

「ぐるるる……」

「カー君、行くよ！」

ククルがヤムカカンに手を触れると、ヤムカカンは大きく壁から飛び出した。

同時に猫程度の大きさだったそれはまばゆく光り、そしてワカ村に作られた壁に負けない巨大な虎となる。

その光景に驚く騎士団とシリウス。

「「「なぁ!?」」」

「やっちゃえー！」

ククルの一声でヤムカカンはその巨大な爪をなぎ払い、魔物を一掃。

ユルルングルから逃げ出しながらやってきた魔物たちは、当然現れた巨大な虎を前にパニック状態となる。

もはや魔物たちからすれば、前門に虎、後門に蛇、とどうにもならない状況だろう。

そして戸惑っている間にククルはヤムカカンの背に飛び乗る。

「ククル!?」

「シリウスさん、行ってくるね！」

「待ったぁぁぁ！」

そうしてヤムカカンが飛び出そうとした瞬間、シリウスもヤムカカンの背に向かって飛んだ。

「え？　えぇぇぇぇぇ!?」

もはや飛び出す寸前だったため、まさか付いてくるとは思わずククルが声を上げる。

だがそうしている内にシリウスは飛び乗り、そして走ってククルの傍《そば》までやってきた。

――やってしまった……。

ヤムカカンの背に飛び乗ったシリウスは、ほぼ同時に飛び出したため遠ざかっていくワカ村を見送りつつ、額から汗をだらだらと流していた。

「し、シリウスさん!?　どうして付いてきちゃったの!?」

「……」

本当はちゃんと、ワカ村で待つつもりだった。

これまでのことを考えればククルには特別な力が宿っていて、ただの冒険者でしかないシリウスが居たところで邪魔になるのは目に見えている。

――だけど……。

「仕方ないじゃないか。だってククルが怖がってたから」

「え？」

ヤムカカンに飛び乗る直前、ククルが恐怖に身体を震わせていたことに気付いてしまったのだ。

たとえどれほど力を持っていると言っても、あの森の木々よりも遥《はる》かに大きい怪物と戦おうとし

った。

　そんな弱々しくも前を向くククルの姿を見て、シリウスは黙って見送るという選択肢がとれなかった。

「大丈夫だよ」

　ヤムカカンはシリウスが乗ったことすら気付いていないのか、どんどんと大蛇へと迫っていく。

　シリウスは大きく揺れる背中をゆっくりと進み、そしてククルの前に辿《たど》り着くとその手を握った。

「俺も一緒にいるから、だから怖がらなくても大丈夫」

「ぁ……」

「だから安心して」

「……うん」

　気付けば、彼女の震えは止まっていた。

「なにがあっても俺が助けるから、ククルはみんなを助けてくれる？」

「……本当に」

「ん？」

「なにがあっても、助けてくれる？　私のこと、守ってくれる？」

　見上げた彼女は、どこか迷子の子どものような怯《おび》えた瞳をしていた。

　──ああ、この子は本当に……。

ククルの前世であった出来事は教えて貰った。

だがそれでも、彼女はまだ自分のことを信じ切れていなかったのだろう。

きっとこれが彼女を縛っている心の闇なのだろうとわかったシリウスは、いつものように彼女の頭を優しく撫《な》でる。

「うん。ククルが望むなら、いくらでも助けるし、守るよ」

その言葉が上辺だけのものでないことに、ククルも気付いたのだろう。

ゆっくりと、瞳に生気が戻り、そしてまっすぐシリウスを見つめた。

「シリウスさんは、初めて会ったときも同じことを言ってくれたね」

ククルがまだこの世界にやってきたばかりで、なにも出来ずただ恐怖に震えていたとき。

結局闇が続くだけで絶望しかないのだと怯えていた彼女を救ったのは、勇者でも成人でもない、ただのお人好しの冒険者だった。

「……本当に、お人好しが過ぎるよ」

「ははは、よく言われるけどさ……結局、俺は色んな人に助けて貰ってここまでやってこられたから、それを真似してるだけだよ」

シリウスが笑うと、彼女は照れながら子どもがなにかをおねだりするように指を下に指す。

「そこに座って」

言われた通りにすると、ククルは背を向けてシリウスの足に嵌《は》まるように座る。

子どもらしい温かな体温が伝わってきた。

「ククル？」

「私のこと、ぎゅっと抱きしめて……それで、離さないで」

彼女が自分に身を任せるように体重をかけてくるので、シリウスは言われるがまま、彼女の後ろに座るとククルをぎゅっと抱きしめる。

「子どもの頃、お父さんにこうして抱きしめて貰って、一緒にテレビを見てたの」

「うん」

テレビというのがなんなのか、シリウスは知らない。

ただそれでも、きっと彼女の前世であった大切な思い出なのだろうというのだけはわかった。

「テレビの中の女の子は、とっても強くて、どんな怪物も魔法で倒しちゃうんだ」

「そうなんだね」

ククルの身体が徐々に熱くなる。

同時にキラキラと、彼女の周囲から黄金の粒子が浮かび上がり、二人を包み込んだ。

『グルァァァァァァ！』

そしてそれに呼応するようにヤムカカンが速度を上げ、咆哮《ほうこう》を上げる。

勢いを増した巨体はそのまま巨大な大蛇ユルルングルに飛びかかり、鋭い爪でその胴体を押さえつける。

「カー君！　頑張って！」

ククルの鼓舞により、暴れるユルルングルを押さえつけながら鋭い爪で何度も切り裂く。

しかし大蛇もやられっぱなしではない。

軟体を活《い》かして徐々にヤムカカンの拘束から抜け出すと、そのまま足を搦《から》め捕ろうと動き出す。

だがその瞬間——。

「私のことを忘れてくれるなよ！」

紅《あか》い閃光《せんこう》が走り、ユルルングルの身体を切り裂いた。

直前までこの大蛇をたった一人で押さえつけていた王国最強の騎士の一撃。

それは天まで届き、空を開く。

「まだまだまだぁ！」

緋色の騎士はまるで悪鬼のごとく、ユルルングルの身体を駆け上がりながら切り続ける。

大蛇が苦悶《くもん》の悲鳴を上げ、ヤムカカンの拘束が緩まった。

「カー君、頑張って！」

『グルァァァァァ！』

その声と共に黄金の粒子がヤムカカンを覆い、ユルルングルを力強く振り払った。

全身を切り刻みながら走る騎士と、自らを押さえつける大虎。

これまで最強だと思っていた自分の圧倒的不利な状況で、ユルルングルはこの世に生を受けて初めて恐怖を覚えた。

故に、その感情を知った生き物は、一つの行動を取る。

それは、逃走。

「っ――!?　逃げる気か！」

最後の力を振り絞るように大きく暴れたユルルングルの身体から、アリアが飛び去る。

そしてヤムカカンの頭上に飛び移ると、逃げようとする大蛇を睨みつけた。

このまま逃がすわけにはいかないと、再び飛びかかろうとして――。

「っ――!?　はぁ、はぁ、はぁ！」

膝を突き、呼吸を荒くする。

人の身でありながら、たった一人であれだけの怪物を前に抑え続けたのは尋常ではない働きだろう。

だが如何《いか》に最強の騎士であっても、限界というものは存在する。

「アリア!?」

彼女の状態に気付いたシリウスが立ち上がろうとするが――。

「大丈夫だ!!」

アリアはこれまで聞いたことのないほど強い力で叫ぶと、シリウスを手で制した。

そして優しげに微笑み、立ち上がる。

「私は大丈夫……だから、お前は最後まで支えてやれ」

「え？」

その言葉の意味を一瞬、理解出来ず呆《ほう》けた声を上げ、そして彼女の視線が自分の抱きかかえているククルに注がれているのだと気付く。

「っ——!?」

気付けば、ククルは汗だくになっていた。

宝石のような青い瞳を苦しそうに歪《ゆが》ませ、呼吸は荒く、しかしどこか力強さがあり——。

「完成した」

「え？」

いったいなにが、と思っていると空が神々しく光る。

まるで神の降臨を模した絵画のような光景。

それを成したのが、この腕の中にすっぽりと収まる小さな少女だということはわかった。

「シリウスさん、絶対に、絶対に離さないでね！」

彼女の魂の籠もった叫び。

それに応えるように、シリウスはククルを抱きしめた。

そして、天が落ちる。

ヤムカカンに押さえつけられていたユルルングルは、自らの命を守るために全力で逃げ出した。

しかしどこまでも落ちてくる天の光に触れると、徐々にその身体を光の粒子に変えていく。

ゆっくりと、神が下した天罰のようにユルルングルは天に還《かえ》っていくように。

「これは……」

「……」

その光景を見たアリアが、美しい美術品を見るような瞳で小さく呟《つぶや》く。

シリウスも同様だ。

あまりに美しすぎるものを見たら人は言葉を失うと言われているが、今がまさにその状態だった。

そうしてしばらく、その場にいる全員が無言で光を見ていると、不意に腕の中のククルが立ち上がる。

「さあ、帰ろ」

それは遊びを終えた子どもが、自分の家に帰ろうと言うように、ごくごく自然に出された言葉だった。

第九章　父として

ユルルングルの討伐に成功した後すぐ、ククルはまるで力尽きたように眠ってしまった。

それに合わせるように、ヤムカカンもまた元の小さなサイズに戻って寝てしまったため、シリウスは一人と一匹を抱えてワカ村に戻る。

村人たちからは歓迎され、それを受け入れながらも疲れているからと休ませて貰《もら》うことにしたのだが――。

――明日、話したいことがある。

そうアリアに呼び出されたシリウスは翌朝、ワカ村の壁に登ってヤムカカンの森を見ている彼女の横に立つ。

「呼び出してすまなかったな」

「いや、大丈夫だよ」

朝の早い村人たちですら起きていない静寂の中。

少し冷たい風を感じながら、しばらくの間二人は黙って激しい戦いの跡地を見る。

そうしてしばらく黙っていたアリアが、口を開いた。

「ククルのことだが、我が侯爵家で面倒を見たいと思っている」

「そっか」

スカーレット侯爵家は国内でもトップクラスの名門貴族。

孤児だったアリアを受け入れ、今もこうして元気にやっているという前例もあって、安心して任せられる。

――そのはず、なんだけど……。

なぜか一瞬、胸が痛んだ。

「あれだけの力を放置することは出来ん。それと同時に、心ない貴族に任せるのも危険だ」

「でも大丈夫なの？　アリアの件で、孤児に力を持たせすぎることが疑問視されてるって前に言ってたよね？」

「義父上《ちちうえ》の手腕なら大丈夫さ。それに、そんな外野の声などに左右されるような人じゃないさ」

シリウスは過去にあったことのあるスカーレット侯爵を思い出す。

どこまでも貴族である彼は、為政者として間違いなく優秀で立派な人だった。

きっと彼の下であればククルはその力を発揮することが出来るはず。

そのための道は作れる人なのだから。

「……シリウス。そんな顔をするな」

「え？」

「大丈夫だ。私がお前に会いに行けたように、ククルだって会う時間は作れる」

――ああ、そうか。

その言葉に、シリウスは自分が今どんな顔をしているのか理解した。

顔は引きつり、喉が震え、今にも泣きそうで、なんとも情けない表情。

どうやら自分は、いつの間にか彼女をそれだけ大切に思っていたらしい。

――だとしたら、余計にここで引き留めたら駄目だ。

ククルの将来のことを考えれば、スカーレット侯爵家に面倒を見て貰うのが一番だ。

彼女の魔術の力はそれこそ戦争の道具にされかねないが、侯爵家ほどの権力があればそれも抑えられる。

それにきっと、アリアも味方になってくれるだろう。

やりたいことだってやらせて貰えるし、未来への選択肢はとても幅広く選べるはず。

「日雇いの冒険者。それも十年やってC級なんて中途半端な男の下にいるよりも、ずっとククルのためになる話だ――」

「そんなことない！」

「え？」

不意に、背後からククルの声が聞こえて振り返る。

見れば、彼女は息を切らして、真剣な表情でこちらを見ている。

「……シリウスさんは、とっても凄《すご》い人だもん！」

「ククル……今の話を聞いてたの？」

「私は！」

小さな身体《からだ》全体を使って、出せる限りの大声で叫ぶ。

「シリウスさんのおかげで今があるの！　この世界に来て、色んなことを知って！　色んな人と出会って！」

一歩、また一歩と近づきながら、まるで誰かに怒っているような、そんな声。

「不安だった！　一人でやっていけるなんてとても思えなかった！　だけど、だけどシリウスさんが手を繋《つな》いで街を歩いてくれて、怖さなんかどっかに行っちゃった！　楽しかった！　それで、だから――っ！」

突如、上空から強風が吹き、ククルの身体が揺らぐ。

そして彼女はその風に押されるように、壁から落下し始めた。

「ぁ……」

「ククル!?」

壁の高さを考えれば落ちれば致命傷は間違いない。

だがシリウスには迷いなんてなく、飛び出した。

そして空中でククルを摑《つか》まえると、そのまま彼女が怪我《けが》をしないようにしっかりと抱きしめる。

「ほら……やっぱりシリウスさんは約束通り、こうして助けてくれる。だから私は――」

地面に落下し、鈍い音が早朝のワカ村に響く。

「くっ……あれ？」

背中から落下したシリウスには痛みもなく、不思議に思う。

しかしそれも気付けば薄い魔力で全身を覆われている身体と気付いて、またククルに助けられたのだとわかった。

立ち上がろうとして、ふと彼女が身体を密着させて離そうとしないため身動きが取れない。

そんな中、シリウスには伝わる彼女の体温と心臓の音。

「……シリウスさん。私、まだ貴方《あなた》と一緒にいたいよ」

「ククル……でも、君のことを考えたら――」

「貴族なんてどうでもいい。贅沢《ぜいたく》な暮らしだってしなくていい。ただ私は、こんな温かい気持ちを手放したくない」

「……」

シリウスはククルを抱えたまま立ち上がり、そしてそっと彼女を降ろした。

そしてまっすぐ彼女の青い瞳を見る。

「俺はどこにでもいるただの冒険者だよ」

「知ってる。ちょっと優しくて、誰からも好かれてて、色んな人に助けて貰える人」

「お金だってたくさん持ってるわけじゃないから、贅沢な暮らしだって出来ないんだ」

「それはさっき言った。贅沢な暮らしなんて必要ない。それよりもずっとずっと大切な、貴方に教えて貰ったこの気持ちを手放したくないの」

まるでぶれることのないククルの目は、きっとなにを言ってももう変わらないだろう。

シリウスは一度空を見上げてみる。

太陽が昇り始め、雲一つない真っ青な空が広がっていた。

「じゃあ、俺のところに来る？」

「うん！」

なんとも締まりのない言葉だとシリウスは思ったが、それでもククルは満面な笑みを浮かべて頷《うなず》いた。

「話は纏《まと》まったか？」

「あ、アリア」

壁から飛び降りてきた彼女は、どこか優しげに笑っている。

もしかしたら彼女は、こうなる未来が見えていたのかもしれない。

「アリアさん。私、シリウスさんのところに行きます」

「ククルがそう決めたのなら、それでいいさ。あとの面倒事は全部、私がなんとかするから心配するな」

そうして彼女は近づいてくると、ククルに視線を合わせるようにしゃがんで頭を撫《な》でる。

「お前たちのおかげで我が領の大切な村が救われたんだ。大丈夫、シリウスも、ククルも、私が必ず守ってみせよう」

——なにせ私は、最強の騎士だからな。

そう茶目っ気たっぷりに話すと、アリアは立ち上がり、そして機嫌良くその場から去っていく。

いったい彼女がこれからどういう手段を取るつもりなのかわからないが、それでもきっと大丈夫なのだろうという確信がシリウスにはあった。

そうして残された二人はお互い見合い、少し照れたように笑う。

「それじゃあ、俺たちも戻ろうか」

「うん」

——お父さん。

不意に出た言葉というわけではないらしく、ククルは少し悪戯《いたずら》っぽく笑っている。

その言葉の責任の重さを一瞬考えるが、それ以上に彼女がそれだけ自分のことを信頼してくれているることを嬉《うれ》しく思った。

だから彼女の小さな手を握り、この子が大きくなるまで必ず守り抜こうと心に決めるのであった。

＊＊＊

ワカ村を後にしたシリウスとククル、そして一緒に連れて帰ってきたヤムカカンは、城塞都市ガーランドに戻ってきた。

この騒がしい街の雰囲気に、最初の頃のククルだったら目を回していたことだろう。

だが今は慣れた様子で周囲を見て、まるで故郷に帰ってきたかのように楽しそうだ。

「おおシリウス！　また大変だったらしいなぁ！」

「シリウスさん聞いてよ！　うちの旦那がまた——！」

しばらくぶりだからだろう。

歩けば誰かに声をかけられるのも相変わらずで、一人一人丁寧に話を聞くシリウスの姿を、ククルは微笑《ほほえ》ましく見ていた。

そうして冒険者ギルドに入り、シリウスの帰還を知った彼らは大騒ぎ。

「やっぱりお父さんは愛されてるなぁ……」

「まあみんな、騒がしく出来る理由が欲しいだけだよね」

そうとは思えないククルだが、それが彼の魅力なのだとわかっているのでなにも言わない。

「お帰りなさいシリウスさん」

「うん、ただいまエレンさん」

受付嬢のエレンと、まるで夫婦のようなやりとり。

たったそれだけのことなのに、どこか日常に帰ってきたような雰囲気を出すシリウスに、ククルはちょっとだけ嫉妬の気持ちが湧いてくる。

だからだろう。

相変わらず父に色目を使っているのだと思って、少し意地悪をしたくなった。

「……エレンさん」

「あらククルちゃん。どうしたの？」

「……」

「ククルちゃん？」

じーっとしばらく見てから、やっぱり美人だし胸も大きいし優しい人だよなぁ、とククルは思う。

ただし、それだけで自らの父の嫁に相応《ふさわ》しいかと言われると、まだまだだ。

「お父さん」

「え？」

「私、正式に娘になるの。だから――」

――お父さんのお嫁さんになりたかったら、私に認められてからね。

そっとシリウスには聞こえないように耳打ちすると、彼女はピシッと石像になったように固まってしまった。

実はククル的にエレンはかなりいい線を言っているのだが、今のところアリアの方が一歩リードしているような状態だから、少し意地悪をしてしまったのだ。

——まあ、アリアさんでもまだ駄目だけど。

彼女の基準はシリウスを幸せに出来るかどうか。

アリアもエレンも親しくしているし、好いているのもわかるが、どちらも立場などもあるから簡単には許可出来ないと思っていた。

「ククル、どうしたの?」

「なんでもないよ。マリーちゃんも待ってるだろうし、家に帰ろ」

「そうだね」

そうして周囲に見せつけるようにシリウスの手を握り、誰がどう見ても家族であることを見せつけるククルであった。

＊＊＊

その日の夜。

眠ってしまったククルをベッドに寝かせ、シリウスは一階で宴会をしている冒険者たちを横目にカウンターに座る。

「シリウスちゃん。お疲れ様」

「うん、マリ姉もね」

二人はカウンターを挟んで、グラスをカツンとぶつける。

そしてしばらく無言でお酒を飲み、二杯目を入れて貰ったところでマリーが口を開く。

「立派なお父さんになったのねぇ」

「どうかな？　まだまだみんなに助けて貰ってばっかりで、頼りないままな気もするよ」

「あら、男は父になったら変わるものよ。強く、頼り甲斐《がい》も生まれて、周囲の女性陣もメロメロになっちゃうの。ふふふ、私ももう今のシリウスちゃんにメロメロかも」

「あはは。それなら嬉しいなぁ」

「もう、私は本気なのにぃ」

なんて軽口をお互い交わしながら、改めて近況を話し合う。

ククルが凄い魔術師だったこと。

それは貴族が放っておけないくらいのもので、だからこそ本当は貴族になった方がいいと思ったこと。

だけど彼女はそれでも、自分と一緒にいたいと言ってくれたこと。

聞き上手なマリーは、笑顔で頷きながら何度も空になったグラスにお酒を注《つ》ぐ。

普段はあまり酔うまで飲まないシリウスだったが、なんとなく今日は飲みたい気分だった。

「あらあら、惚気《のろけ》ちゃって」

「んー？　そんなつもりはないんだけど……」

「それだけククルちゃんが大切なんでしょう？」

「それはもう、うん……間違いないかなぁ」

ほんの少しだけ呂律《ろれつ》の回らない中、本音がすっと出てくる。

それを見てまたマリーは笑うのだが、気分が良くなっているシリウスは気付かない。

しばらくして、何杯目かもうわからないくらい飲んだ後、シリウスは自分の部屋に帰される。

そしてベッドで寝ているククルと、その抱き枕にされているヤムカカンを見て、帰ってきたのだという気持ちが湧いてきた。

——俺はお父さんだから、この子を守らないと。

もちろん、単純な戦いとなればククルの方が圧倒的に強いし、シリウスがどうこう出来るものではない。

だが世界はただ強いだけで回るほど、都合良くはないのだ。

シリウスは大人で、子どもでは出来ないことが出来る。

多くの人に助けて貰うことも出来るし、彼女のために出来ることもたくさんあるはず。

「きっとこの子には、これから多くの悪意が近づいてくるんだろうけど、大丈夫」

——俺が絶対に、守るから。

そう思いながら、ククルの寝るベッドに一緒に入り、そして彼女の頭を撫でながら意識が遠ざかっていくのであった。

＊＊＊

翌朝。

目が覚めると、二つの青い宝石のような目がじっとこちらを見ていた。

どうやら自分の身体に跨《また》がって、寝顔を見ていたらしい。

他にもお腹《なか》になにか温かい物が乗っているので、おそらくヤムカカンだろうとわかった。

「……おはようククル」

「うん。おはよう、お父さん」

「起きるから、ちょっと退《ど》いて貰っても良いかな？」

ククルはその場から飛び退《の》くと、ヤムカカンも同じように退いた。

そうして身体を起こすと、すでに太陽はかなり高い位置にあって、だいぶ寝過ごしたのだとわかった。

「そろそろ起きないと、迎えが来ちゃうから」

「みたいだね。うん、寝すぎた……」

親子の手続きなど諸々《もろもろ》のことはアリアが色々と根回しをしてくれることになったのだが、その前にまず領主であるスカーレット侯爵に事情説明が先だと言われていた。

それはそうだろうとシリウスも納得し、今日の午後から会談の席が設けられている。

——そんな、ただの冒険者がすぐに会える身分の人じゃないはずなんだけどなぁ。

水浴び場で顔を洗いながら、それだけ緊急の状況なのだというのはわかる。

アリアの義父であるスカーレット侯爵には何度か会ったことがあったが、かなり厳格な性格をしていて実は少しだけ苦手だった。

それでもククルのことをきちんと認めて貰わないといけない以上、避けては通れない人だ。

「よし！」

顔を拭き、寝起きのボサボサだった髪も整えた。

クローゼットの中には自分の服が少しと、あとククルの服がやたらと多い。

マリーがどこからか貰ってきたものだ。

冒険者なので正装などは持っていないが、それでも持っている中で一番綺麗《きれい》な服に着替える。

「ククルはどれにする？」

「貴族様のところに行くんだよね」

「うん。アリアはあんまり気にしなくてもいいって言うけど、まあそういうわけにはいかないからね」

なにせ相手は侯爵だ。

この国では王族、そして王族と血縁関係にある公爵を除けば、間違いなくトップの貴族。

ただの冒険者でしかないシリウスからすれば、天上人と言っても過言ではない。

「うーん……じゃあこれにする」

そうして選んだのは、少しフリルの付いた子どもっぽいドレス。

なんともマリーが好きそうな服で、銀髪に青い瞳のククルが着るとお人形さんと言われそうな格好だ。

「ねえお父さん。似合ってるかな？」

「ククルが着たらなんでも似合うよ」

「……そういうところだよねきっと」

笑顔でそう答えると、ククルはちょっと照れた様子で顔を背けてしまう。

そうして小さな赤いリボンを見つけると、なにかを思いついたのかヤムカカンに近づいて抱きしめる。

「これをこうして……出来た」

「ぐるぅ？」

白と黒の模様をしたヤムカカンの首に、赤いリボンが巻かれている。

見た目と相まって、なんとなく愛らしさが増していた。

「これなら誰にも怖がられないよ」

「そうだね」

元々人なつっこいというか、人の言葉も理解しているくらい賢い子なので、人を襲うことはないのだが、それでも知らない人から見たら噛《か》むかもしれないと思うだろう。

だがリボンが付いていることで、それも緩和される気がする。

「それじゃあ準備も出来たし、そろそろ――」

「シリウスちゃーん！　お迎えが来たわよー」

階下からマリーの声が聞こえてきて、外に出る。

スカーレット侯爵家の紋章が入った馬車が宿の前に停《と》められていて、見覚えのある騎士が笑みを浮かべて控えていた。

＊＊＊

城塞都市ガーランドの北地区。

そこに貴族や大商人といった面々が住む住宅街がある。

煌《きら》びやかで大きな邸宅が並んだ道を通り、そのまま一番大きな屋敷へ案内された。

「ふ、ふかふかだ……」

「そうだね」

大きなソファに身体を埋《うず》めた状態のククルは、少し緊張した様子。

それはシリウスも同じことで、何度か来たことがあるが、それでもさすがに緊張してしまう。

なにも感じていないのは、あちこち興味深そうに見ているヤムカカンくらいか。

「シリウス、ククル、それにヤムカカン。よく来てくれたな」

普段の騎士姿とは異なる、貴族令嬢らしからぬ装飾の少ない細身のドレスに身を纏った彼女は、シリウスたちの前に座る。

少し目つきが鋭いとはいえ、花のような笑顔といい、女性らしい柔らかい立ち振る舞いといい、とても美しい。

彼女を見て、元々孤児だったと思える者がどれほどいるか。

それほどまでに、アリア・スカーレットという少女は貴族令嬢だった。

隣に座るククルなど、見惚《みと》れたようにボーッと彼女を見ている。

「アリア様。本日はお招き頂き――」

「そんな堅苦しくしないでくれ。呼び出したのはこちらだからな」

立ち上がり礼を尽くそうとしたが、やはりそこはアリアというべきか、シリウスには普段通りを求めてきた。

「ワカ村の件だが、我が騎士団はもちろん、ワカ村の人たちにも箝口令《かんこうれい》は敷いた。これでククルの情報が外に漏れることはないはずだ」

「良かった……」

シリウスたちが村から出てくるとき、ワカ村を覆っていた壁は消してしまった。

というのも、スカーレット侯爵家はともかく他領の貴族にククルの存在を知られないためだ。

行商人などによって噂《うわさ》にはなっているかもしれないが、実物がなければただの噂で終わるだろう、というのがアリアの言だ。

「ワカ村の人たち、壁がなくなって不安に思わないかな」

「ククル……」

あの壁があれば、ワカ村の人たちはもうヤムカカンの森から出てくる魔物に怯《おび》える必要がない。

もちろんなくす前に村人たちには説明をして受け入れて貰ったが、それでも不安は残るだろう。

「あれは元々なかったものだ。それにヤムカカンの森の異常事態。あれもあって騎士団も派遣するし、しばらくは調査のために常駐もさせる。他の村に比べたら、遥《はる》かに安全さ」

「そっか」

アリアの言葉に、ククルはホッとした様子を見せる。

「さて、あとの問題は――」

「そこの少女が、お前の言っていた子どもか、アリア」

アリアが言葉を紡ごうとした瞬間、応接間の扉が開いて一人の男性が現れた。

「義父上」

「いい、楽にしなさい」

――ロバルト・スカーレット侯爵。

すでに五十を超えているはずだが、赤髪と茶色の瞳は力強さがあり、若々しい。

それでいて王宮の魑魅魍魎《ちみもうりょう》を相手に戦ってきたであろう老練な雰囲気も感じられる。

シリウスもアリアと仲が良いため何度か会ったことはあるが、未だにこの空気感には慣れそうになかった。

「さて、あまり長々と時間は取れないのでな。本題に入らせて貰おう」

ロバルトはアリアの隣に座ると、まずシリウスを、そしてその後にククルを見る。

「まずシリウス、そしてククル。我が領地で起きた事件を被害なく防いでくれたこと、誠に感謝する」

「あ、いえ……俺はなにもしていないので」

「わ、私も……というか私のせいで――」

ククルが事情を説明しようとしたところで、ロバルトは再び手で制す。

それ以上はなにも言うな、ということだ。

「先に言っておこう。先日の一件の事情はすべてアリアから聞いて知っている」

「え？」

「その上で言うが、我が領地で起きたことはすべて領主である私の責任だ。貴様も、そしてシリウスにも非などない」

ロバルトはククルを子どもと扱わず、まっすぐ見つめてそう言い切った。

「とはいえ、私も王国の領主だ。アリアですら苦戦する魔物を倒す魔術師など、たとえ子どもであっても放っておくわけにはいかん」

「あ……」

それを聞いて、シリウスは不味《まず》いと思う。

侯爵はククルのことを子どもだと思っていない。それは同時に、持った力に対する責任もあると認識しているのだと理解したからだ。

「私は魔術というものに疎いが、騎士団にとって脅威になるものではないと認識していた。だがそれが覆るとなれば……」

「待ってください侯爵。ククルは……」

「上に報告をしないわけにはいかんのだ」

「……」

その言葉で、応接間に沈黙が流れる。

ロバルトの言うことにはなにも間違いがない。

シリウスだって、もしこれが他人事《ひとごと》であれば当然だと思うだろう。

――だけど、それはこの子の望みじゃない。

「発言をよろしいでしょうか？」

「いいだろう」

「では……」

シリウスは隣で縮こまっているククルを抱き寄せると、まっすぐ侯爵を見据える。

「この子は、俺の娘です」

「ほう……？　だが報告ではその子には記憶がなく、気付けばヤムカカンの森にいたと聞いているが？」

「そうです。そしてつい先日、俺が引き取ると約束しました」

まだ戸籍を登録しているわけではないが、それでもそう決めた。

そして、子どもの未来を守るのは親の役目だと、そう思った。

「侯爵、もし上に報告したらこの子はどうなりますか？」

「そうだな。まずはその力の限界を知るところから始まるだろうが、この国でアリアの言葉を疑う者はいない。そして事実と認識されれば、どこかの貴族が必ず手にしようとする。もちろん、我が家も含めてな」

侯爵は自らの髭《ひげ》をさすりながら、ククルを見る。

「この子の力があれば、王国だって転覆出来てしまうかもしれんからな」

「それは、この子を戦争の道具にするということですよね？」

「ああ。それほどの力があるからこそ、間違いなく国王も欲しがる。我が国の地盤を絶対のものにするために……いや、大陸に覇を唱えるために」

「っ――!?」

ロバルトの言葉にアリアが反応する。

なにかを言いかけて、しかし下唇を噛んで我慢するように言葉を止めた。

「なに、悪いことばかりではないさ。その分アリアのように国からは貴族の地位、要職、それ以外にも叶《かな》えられるすべてを与えられるのだから」

「……」

「もちろん、それは貴様にもだぞシリウス。これほどの宝を見事に見つけ、そして守った恩賞は間違いなく莫大《ばくだい》なものとなる。C級冒険者では一生かけても不可能なほどの金貨、そして地位も与えられるのは間違いない」

それはまるで、底なしの誘惑だ。

シリウスはこの十年、真面目に頑張ってきた。

だからこそ今があるとはいえ、幼いときに両親を亡くして以来、我武者羅《がむしゃら》に生きてきた彼にとってこれほど魅力的な提案はないだろう。

だが――。

「だとしても、絶対にこの子は渡せません」

「……理由を聞こうか」

「この子が望んだ未来ではないからです」

ここでもしシリウスが頷けば、きっとククルはその意思に従うだろう。

彼女にとってシリウスは特別な人で、そんな彼が幸せになれる選択肢があれば自分を犠牲にしてでもそちらを選びたいと思う。

——でも、やっぱり違うよね。

とはいえ、元よりそんな誘惑に屈するようなら、今ここで彼と共にはいないのだ。

それを嬉しく思う反面、このとんでもないくらいのお人好しにこれ以上迷惑はかけられない。

だからククルは、ここで終わりだと、言葉を発しようとした。

だが、それはシリウスによって止められる。

「ククルは俺の子どもとして、これから一緒に平民として過ごします」

「……それはつまり、私に国を裏切れと、そう言うのか？」

「はい」

「お父さん!?」

普通なら死罪になってもおかしくないような言葉。

それを迷いなく言い切ったシリウスに、ククルは驚いて思わず顔を見上げる。

その表情は、どこまでも覚悟を決めた親の顔だった。

「……っ」

アリアは身体を震わせて俯《うつむ》く。

そしてロバルトはというと――。

「く、くくく……くくく！」

まるで笑いを堪《こら》えるような声を上げる。

そしてしばらく、くぐもったような声が応接間に響き続けた。

「はーはっはっは！　いやいや、アリアを養子にと紹介してきたときも思ったが、とんでもないな貴様は！」

「ふ、ふふふ。だから言っただろう義父上！　こいつはこういう男なんだ！」

そして二人はもう我慢をする必要なんてないのだと、大きく笑い始めた。

「ああ、本当に馬鹿だな。だが、嫌いじゃない！」

「え？」

「え？」

シリウスとククルは二人揃《そろ》って呆気《あっけ》にとられたような顔をする。

それはまさに親子のようにそっくりで、余計に目の前の貴族二人を笑わせる結果となった。

「ああつまり、だ」

そうしてアリアの口からネタばらしがされる。

事前に彼女の口から今回の顚末《てんまつ》についてはすべて話していた。シリウスがククルと親子として生活すること。

そしてそのサポートを、侯爵家がするということ。

「そんな目で見るなシリウス。これは必要なことだったんだ」

「……」

「その通りだ。今回の件は正直かなり綱渡りでもある。それゆえに、どうしても貴様の覚悟を知っておきたかったのだ」

アリアと侯爵は決して血の繫がりはないはずなのに、まるで本当の親子のように言葉を紡ぐ。

そしてシリウスもまた、二人がわざわざこんな寸劇のようなことをした理由に気付いた。

「あの、つまりどういうこと、ですか？」

「ククル、簡単な話だ。お前はシリウスの娘になって、好きな未来を歩めば良い」

「……」

なんともあっけらかんと言われてしまい、どうしても理解が追いつかないククル。

つい先ほどまで、別れを覚悟していたというのにこれでは、頭も付いてこないのだろう。

「なんなら、私のことをお母さんと呼んでも良いんだぞ？」

「アリアよ。さすがにそれは簡単には認められんぞ」

「……頑固親父《おやじ》め」

ぼそっと呟《つぶや》く姿は騎士の中の騎士とは思えないほど子どもっぽい仕草。

二人は先ほどまでの引き締まっていた空気など無関係のようだ。

だがそれをシリウスたちに見られていることに気付いて、侯爵は咳払《せきばら》いをして仕切り直す。

「ごほん……つまり、その子は王国にとってあまりにも劇薬すぎるということだ。報告できないならせめて、信頼出来る人間に任せるのが一番だということで、貴様を試させて貰った」

「……いいんですか？」

「私に反論すれば死罪の可能性があった。それでも守りたいと思ったのだろう？　それほどまで大切に思っているのであれば、魔術を悪用もせんだろう」

そう言われて、シリウスはたしかにそうだと思った。

ククルと出会って、一緒に過ごして、慕われる内にシリウスもまた自分の娘のように思ったのだから、国に狙われるようなことはさせる気は一切なかった。

「そうですね」

「ならば決まりだな。貴様たちは我がスカーレット家の名で守ってやる。その代わり、間違っても道を踏み外すなよ？」

「はい！」

にやりと笑うロバルトに、シリウスは力強い返事をした。

エピローグ　お人好し冒険者と転生少女

――子どもの頃は、生きるだけで必死だった。

暖かい家、柔らかいベッド、美味《おい》しい食事。

早くに両親と死別してしまい、それらすべてを失って天涯孤独となり。

次の日に食べるパンすらどうすればいいのかわからず、ただ一人残されて、目の前は真っ暗で。

歩けば落ちてしまうほどか細い道しか見えず。

その瞬間のことをよく覚えているし、今でも夢に見る。

世界に置いていかれたような錯覚にさえ陥り、絶望したことをシリウスは一生忘れないだろう。

――素直に教会に頭を下げて孤児になっていれば、子どもらしい子ども時代を送ることが出来たのかもしれない。

今更だけど、とシリウスは苦笑する。

両親が死んだことをすぐに認められず、孤児として教会の世話になることを拒否した。

子どもながらに背伸びしているのがよほど目に付いたのだろう。

もしくは危なっかしかったのか。

世界は彼が思うほど残酷ではなく、多くの人がシリウスを支えてくれた。

真っ暗でか細く、すぐに壊れてしまうと思っていた道は、シリウスが思うよりもずっと安定した道だと教えて貰《もら》い、安心して歩み進める。

そうして冒険者として十年経《た》った今、道を振り返るとそこには迷子のように泣いている小さな女の子がいた。

——おいで。

少しだけ道を戻り、シリウスはその手を握ってあげる。

少女は涙を流しながらも、その手を取って——。

＊＊＊

ロバルト・スカーレット侯爵にククルのことを認めて貰ったシリウスは、正式に彼女の父親となった。

これまでは曖昧にしていた二人の関係は、たった一枚の紙に書き記すことで誰もが認めることとなる。

それから一ヶ月。

二人は平和な日々を過ごして――。

「あわ、あわわわわ！」

「ククルちゃん慌てちゃ駄目よ！　ほらそこでデレデレした下心丸出しの親父《おやじ》たちに笑顔を振りまいて！　一言」

「も、もう一個買って欲しいなぁ」

「直前のやりとりを知ったら天使というより悪魔だが、それでも買っちゃうぜ」

ククルはこの日、マーサの営む雑貨屋から再び指名以来を受けて受付を任されていた。

すでに城塞都市ガーランドでは、銀髪の天使が舞い降りた店には祝福が得られる、なんて噂話《うわさばなし》が飛び交っていることもあり、彼女が入った店は大行列が起きる。

そのせいもあり、毎回死ぬほど忙しくなり目を回していて笑顔をもぎこちなくなっていくのだが、ククルのファンとなった追っかけ客たちはそれもアリと言わんばかりにやってきた。

そうして夕方、店が落ち着きを見せた頃、袋を担いだシリウスがやってくる。

「あ、お父さん！　もう魔獣退治は終わったの!?」

「うん。この後ギルドに報告しに行かなきゃいけないんだけど、ククルも一緒に行く？」

ぱっとククルはマーサを見る。

一応まだ営業時間中だが、この辺りのさじ加減は依頼主であるマーサの判断でなんとかなる。

――今日はたくさん働いたよね！　お父さんと一緒に帰りたい帰りたい帰りたい！

　そんな念をマーサに飛ばすと、彼女は笑顔で近づいてくる。

　自分の想《おも》いが伝わったのだと思ったククルが笑顔を見せると、マーサは首根っこを摑《つか》んで持ち上げた
「え？」

「まだまだ、仕事帰りの男たちの相手をして貰わないとね！」

「そ、そんなぁー！」

　そのままククルをレジカウンターまで持っていく。

「あはは……。じゃあ俺は近くの店をぶらぶらして、適当に待ってるね」

「お、おとうさーん！」

「アンタはこっちだよ。あ、シリウス。その大きな荷物はうちに置いといて良いからね！」

　まるで今生の別れのような叫びを上げるククルに苦笑しつつ、シリウスはお言葉に甘えて、と袋を置いて、近くの店で時間を潰すことになった。

　——そういえば、武器の手入れもしないとなぁ。

　そろそろ冬も近づいてきて、多くの魔物が冬眠期間に入るためガーランドの外に出向く依頼も少なくなってくる。

　今日集めた分でグレイボアの毛皮も納め終わり、しばらくは魔物狩りをする必要はないので、手入れがままならない状態だった剣を預けてしまおうと鍛冶屋を訪れる。

「ランゴッドおじさん、います？」

入り口付近には多くの武器が並ぶが、カウンターには誰もいなかった。

この店はシリウスが冒険者になってからこれまでずっと自分の剣を見てくれていたため、馴染《なじ》みが深い。

親戚の店に来たような雰囲気でシリウスが奥に入ると、赤い火に木を焼《く》べて鉄を叩《たた》く壮年の男性がいた。

「おー、シリウスか。どうしたぁ？」

「もうすぐ冬だから、一度武器を預けようと思ったんだけど」

「おう、もうそんな時季か。じゃあ武器はそこに置いて、いつも通り金はギルドに預けておいてくれや！」

それだけ言うと、ランゴッドは再び鍛冶に戻る。

シリウスもそんな彼に慣れた様子で武器を置いていった。

入り口に戻ると、いつの間にかやってきていたアリアが真剣な表情で武器を見ていた。

「やあアリア。ここで会うなんて珍しいね」

「ああいや、シリウスが入るのが見えたからな。この店の雰囲気は好きだし、せっかくだから入ろうと思ったんだ」

ランゴッドの武器は騎士団の間でも好評だ。

元々はシリウスがアリアに教え、そしてアリアが自分の騎士団に教え、そして今ではガーランド中の騎士がこの店の剣を扱っている。

つまり貴族御用達《ごようたし》の店であり、とても忙しいはずなのだが、それでも昔からの客だからと自分を優先してくれるランゴッドには頭が上がらない。

「そうか、もうそんな季節か」

ククルとの仲を侯爵に認めて貰って以来であるので、軽く近況を話す。

と言っても、ワカ村の出来事がイレギュラーなだけで、シリウスの日常はそんなに派手なものではない。

グレイボアの毛皮を集め、近隣の村で困ったことがあれば出来る範囲で手伝う。

あとはククルがこの街で色んなお手伝いの依頼を受けているので、それを見守るくらいか。

「ククルの噂はこちらにも届いているぞ。騎士団の奴《やっ》らも通っているらしい」

「あはは。おかげでいつも目を回しているみたいだけどね」

「なに、街の住民を助けることで忙しいのは良いことだ。私たちみたいに、血で濡《ぬ》れるよりもずっとな」

「そうだね」

それからしばらく、二人は雑談に興じる。

ククルがマーサの雑貨屋で受付をやる以外にも、マリーの酒場など色んな店の手伝いをしていること。

それにラーゼの家の掃除や、最近だと踊り子にも挑戦したのだ、など。

シリウスの話の中心は常にククルになっていて、本人はそれに気付いていなかった。

そしてアリアはそんな彼の話題を楽しそうに聞く。

——まるで夫婦みたいだな。

などと内心で思いつつも、アリアはそれを顔には出さない。

こんな穏やかな日常が彼女は好きで、今はまだ自分の想いを告げるには時期尚早だということも理解していたからだ。

——貴族というのはつくづく面倒だ……。

ふとシリウスが空を見上げると、夕暮れ時となっていた。

「あ、そろそろククルを迎えに行かないと」

「そうか。なら私もククルに挨拶だけしていこうかな」

「きっと喜ぶよ」

そうして二人はランゴッドの店を出て、マーサの雑貨屋に入る。

すでに店の在庫はだいぶ減っているため、さすがに今日はもう店じまいをする準備中だった。

「お、おと、おとっ……！」

「おっと」

疲れ切って舌が回らないのか、それでもなんとか駆け寄ってきてククルが抱きついてきた。

シリウスはそんなククルを受け止め、相変わらず軽いなぁと思う。

「疲れたよー」

「うん、お疲れ様」

「はふぅー」

頭を撫《な》でると、まるで猫のように力を抜いてシリウスに身を任せる。

中身が十五歳だということは知っていたが、これまでの彼女の言動など、そして本人の『五歳からやり直したい』という意志を汲《く》んで、シリウスもそういう風に扱うと決めた。

シリウスがそんな態度だからか、ククルもずいぶんと甘えるようになっていて、最初の頃の人見知りが嘘《うそ》のようだ。

「ククル、私に甘えても良いんだぞ？」

期待を込めて見つめるアリアに対して、ククルは一瞥《いちべつ》だけしてすぐに視線を逸《そ》らす。

どうやら甘える気はないという意思表示らしい。

とはいえ、今みたいな態度は良くない。

シリウスは父親として、彼女がちゃんとした大人になるまで面倒を見ると決めたのだ。

「ほら、ちゃんと挨拶して」

「はーい……」

結局甘えることはしないが、ちゃんと視線を合わせて頭を下げる。

なぜかアリアには少し警戒気味なのだが、その理由がわからない。

別に嫌っているわけではないのは知っているのだが――。

「お父さんはそのままでいてね」

などとちょっと微笑《ほほえ》ましい者を見るような目で見てくる始末。

「ほらククル。お母さんって言ってもいいんだぞ？」

「や！」

そんな見慣れたやりとりを横目に、さすがにもうククルが手伝えることはないだろうとマーサを見ると、彼女は笑顔で依頼達成の証《あかし》である紙を用意してくれた。

「よし、それじゃあギルドに報告して帰ろうか」

「うん！　じゃあマーサさん、お疲れ様でした！」

「ああ、次もたっぷり在庫を用意しておくから、また来ておくれよ」

快活な笑みで言われたククルは一瞬身体を硬直させるが、若干引き攣《つ》った笑みで頷《うなず》く。

――人間関係、とっても大事だから。

父を見てそれを学んだ少女は、円満な関係を築くため、望まぬときでもちゃんと笑顔を見せることを覚えたのである。

「じゃあアリアも、またね」

「ああ……」

シリウスと握手をして、お互い背を向けたアリアだったが――。

「シリウス！　ククル！」

「ん？」

突然名を叫ばれ、シリウスとククルは揃《そろ》って振り向く。

「お前たちはちゃんと親子だと思う！　だって見てみろ！」

嬉《うれ》しそうに彼女は笑い、指をさす。

その先には、仲の良い親子がするような、自然に繋《つな》がれた手。

「あのときはどうするべきか悩んだが……二人の幸せそうな顔を見られて私は間違っていなかったと言える！」

それだけ言うと、彼女は再び背を向けて進んでいく。

自らの歩んできた道が間違っていたとは決して思わない。

今の自分が幸せじゃないなんて、誰にも言わせない。

孤児から剣の腕一本で貴族に認められ、そして王国中から騎士として認められた少女は、迷うことはなくただ前へ進んできた。

だがそれでも――。

――二人の仲を引き裂かなくて、本当に良かった！

ククルの力を危険視し、貴族の養子にしていたら今の光景は決して見られなかっただろう。

それはすべて、シリウスという人間を信じたからこそ見られた光景。

「やっぱり、シリウスは凄《すご》いな」

アリアは晴れやかな気持ちで、この世界で一番尊敬する男性を想いながらこれからも歩んでいくのであった。

＊＊＊

シリウスたちはアリアと別れ、冒険者ギルドへと入る。

ククルは彼の隣で専用の台に立ち、依頼書達成のサインをする。

それを見守り終えたシリウスはいつも通り報告し、いつも通り感謝の言葉を得て、そしていつも通り多くの冒険者たちに笑顔を向けられていた。

――でも、これは当たり前じゃないんだよね。

普段からシリウスの隣に立っていると勘違いしそうになるが、これは彼が十年かけて培ってきたもの。

毎日コツコツと、ひたすら真摯に、誰かのために続けてきた結果なのだ。

ただ、多くの人はそれが出来ない。

ちょっと楽しよう、自分の利益を得ようと、そう考えてしまうからだ。

「……お父さんは凄いなぁ」

「そうですね」

ぽろっと零《こぼ》した言葉に、受付に立っているエレンが優しい笑顔を向けながら答えてくる。

「色んな冒険者を見てきましたが、シリウスさんほど多くの人に信頼されている人はいませんよ」

グラッドや他の冒険者たちに揉《も》みくちゃにされながら酒を勧められている姿は、どこか頼りなさが見える。

実際、彼はこの街の冒険者たちから見れば弱いので、頼りないというのも間違いではないのだ。

しかしそれでも、シリウスは誰よりも認められているし、いつも中心にいた。

「ねえエレンさん、私もあんな風になれるかな？」

「もちろんですよ。だって貴方《あなた》は、シリウスさんの娘なんですから」

その言葉を聞くと、つい口角が上がってしまう。

――私はあの人の娘。

手を胸に当てて、心の中でそう言ってみる。

それだけで心が強くなる気がしたし、なにより誇らしかった。

「ところでクルちゃん、お父さん一人だと大変だと思ったりしないかしら？」

「私が支えるから大丈夫！」

「お、お母さんとかって……」

「今は必要ないよ！」

取りつく島なし、と言わんばかりにエレンの攻勢をククルは笑顔で返す。

――それに、まだアリアさんの方が上だし。

シリウスと一緒に行動してわかったが、彼はとてもモテる。

アリアやエレンだけではない。

街で色んな相談を乗っていると、彼を性的に見る女性をたくさん見てきた。

「あのねエレンさん。私はお父さんを幸せにしてくれる人だったら、それでいいと思ってるんだけど……」

別にシリウスが一生独身であればいい、などとは思っていない。

ただ――。

「もう少し、私だけのお父さんであって欲しいって思っちゃってるの」

だからもう少し、もう少しだけ、ワガママを言ってしまおう。

――だって、まだ親子になったばっかりなんだもん！

エレンが呆気《あっけ》にとられたような顔をしているうちに、ククルはシリウスの方へと向かっていく。

そして強面《こわもて》の冒険者たちに囲まれた彼を守るように両手を広げて立つと、周囲からは爆笑される。

多分、自分は相当なファザコンだと思われたことだろう。

だが今はそれでいい。

戸惑っている父を見上げながら、ククルはそう思うのであった。

＊＊＊

夜――。

シリウスたちが泊まっている宿、マリエールで夕食を取ると、ククルはすぐに眠ってしまった。

ヤムカカンを抱き枕にした姿は、とても愛らしい。

「街じゃ天使なんて呼ばれてるけど、こうして寝ていると本当に天使みたいだな」

まるで自分の言葉に反応するように、ククルは布団を蹴り飛ばした。

もう冬が近く、寒そうだ。

このままでは風邪を引いてしまうと思いかけてやると、暖かさが心地好いのか微笑みを浮かべて布団を握る。

その姿が少しおかしく、シリウスはつられるように笑ってしまった。

「おやすみ」

軽く髪の毛を撫でて、シリウスは階下にある酒場に降りてカウンターに座る。

もう夜も遅い時間だというのに、冒険者たちが酒を楽しみ、大きな声で騒いでいて楽しそうだ。

「はいこれ」

「ありがとう」

なにかを言うより早く、マリーがエールとチーズを出してくれた。

シリウスがここに座った場合、最初に注文するものだ。

「あの子はもうおねむ？」

「うん。今日はだいぶ疲れたみたいだよ」

「マーサのところねぇ。まったく、小さな子を働かせすぎって今度注意しなくちゃ」

シリウスがこの街で十年冒険者をしているように、マリーもこの城塞都市ガーランドは長く顔は広い。

かつては優秀な冒険者をしていたはずだが、少なくとも十年前にはもうすでにマリエールの店主をやっていた。

「それで、ククルちゃんとはどんな感じ？」

「そうだね。まだお互いぎこちないけど……」

シリウスはククルと生活をするようになってから、これまでのことを振り返る。

「出会ってから今まで、色んなことがあって——」

初めて会ったときは、怯えられたこと。

グルコーザ男爵に捕まって、魔力を暴走させてしまったこと。

かつて前世で母に酷《ひど》いことをされて、怯えていたこと。

一緒に依頼を受けたりして、徐々に自分や街に慣れていったこと。

強大な魔獣と戦ったこと。

そして——親子になったこと。

「少なくとも俺はあの子の父親なんだって、自信を持って言えるようにはなったかな」

「そう」

はっきりとそう言うと、マリーはまるでシリウスを見守る母のような瞳で、優しく微笑んだ。

「初めて会ったとき、まるで世界に一人きりだ、って顔をしてた子が、大きくなったわねぇ」

「そんな顔してたかな？」

「ええ」

「もう覚えてないや」

今の自分の周りには多くの人がいる。

いつも温かく見守ってくれている人たちがいて、笑顔で溢《あふ》れていたから、そんな過去はもう忘れてしまった。

「でもそうだね。もしそんな風に変われたんだとしたら、きっとマリ姉のおかげだと思う」

——貴方は俺の、母親みたいな人だったから。

シリウスが笑顔でそう言うと、マリーは一瞬呆気にとられたような顔をして、そしていきなりエールを一気飲みした。

「まったく、それを言うなら父親だろうがぁ！」

「あ、そう言って良かったんだ」

「やっぱり母親だよぉぉぉ！」

瞳にうっすらと涙を浮かべながら、酔った振りをしてそんな風に叫んでいる。

何事だと店の客たちが集まってきて、マリーが泣かされているのを見て、近くに居た客が事情を説明。

そして一気にマリーのことを笑いながらからかい始めるのだが——。

「テメェらぁぁぁぁ！　全員しばき倒したろうかぁ！」

顔を真っ赤にしたマリーが暴れ出し、捕まっては投げられ店の中は大混乱。

この宿の客には冒険者が多く、そして城塞都市ガーランドの冒険者たちは普通よりもかなり強い。

しかしマリーはまるで意に介した様子もなく、一人捕まえては投げ、またすぐに他の冒険者を捕まえては投げていく。

酒と恥ずかしさで顔を真っ赤にして暴れる姿は、悪鬼羅刹が暴れているようにも見え、古い冒険者たちは現役時代の彼女を思い出していた。

そんな姿をカウンターで見ていたシリウスだが、二階から眠たそうに見下ろしているククルを見て駆けつける。

「起きちゃったんだ」

「……煩《うるさ》いよぉ」

「ぐぁぁぁ」

目をこすりながら、不満そうにそう言うククルと、それに同調するヤムカカン。

そりゃそうだ、と階下の乱闘を見て思う。

従業員たちは慣れた様子でテーブルや椅子を端に寄せていき、暴れているマリーもそこはちゃんと配慮しているらしく店の物が壊れる様子は無い。

見たところ、あと数人。

シリウスが知っている限り、このガーランドでも指折りの冒険者たちが残っていたが――。

「多分もうちょっとで終わるから、それまで我慢できる？」

「……うん」

シリウスは偉いね、と頭を撫で、一緒に部屋に戻る。

少しして、音はしなくなった。

どうやらマリーが全滅させたらしい。

静寂が続くと、シリウスも酒が回ってきて眠くなってきた。

ヤムカカンは抱き枕にされるのは嫌だと、少し離れたところで丸まっている。

「それじゃあ、一緒に寝よっか」

「うん……おやすみなさい」

「おやすみ」

シリウスが布団に入ると、ククルは安心したようにすぐに寝入ってしまった。

その小さな手は、彼の指を握っていて――。

――こうしていたら、もう前みたいな悪夢は見ないから……。

「また明日」

この子の未来に幸がありますように。

そう願いながら、シリウスも眠りにつくのであった。

前世で不幸だった少女は、異世界でお人好し冒険者と出会って幸せになりました。

あとがき

この度は『お人好し冒険者、転生少女を拾いました　大賢者の加護付き少女とのんびり幸せに暮らします　1』をお手に取って頂き、誠にありがとうございました。

幸せな家族になっていくほのぼの物語、楽しんで頂けていたら幸いです！

せっかくあとがきのスペースも頂きましたし、今回が初めましての方もいるかと思いますので、まずは簡単に自己紹介を。

小説刊行シリーズがこの『お人好し冒険者』で5シリーズ目の13冊目になり、ＳＱＥＸノベル様では『転生したら最強種たちが住まう島でした。この島でスローライフを楽しみます』を刊行させて頂いております。

今回その6巻と同時刊行でしたので、本屋さんでは並んでいたかもしれませんね。

ありがたいことに、『島』と2シリーズ同時刊行で出させて頂きましたので、もし『お人好し冒険者』が気に入ったら、ぜひ『最強種の島』も読んでみて下さい！

他にもオリジナル漫画の原作をやったり、漫画家様方による刊行小説のコミカライズなどが出ているので、もしかしたら『平成オワリ』という名前だけはどこかで見たことあるかもしれませんね（笑）

この作品を切っ掛けに、他の私の漫画や小説も読んでみて頂けると嬉しいです。

作家としては四年目に入り、ありがたいことに色々な人のご縁でたくさんのお仕事を頂けている状況になります。

人のご縁は大切にしないといけないなと思う限りですね。

作家としては毎年ちゃんとステップアップは出来ていて、去年準備していた仕事が今年色々と刊行されていく予定なので、実は今年は凄く楽しみな一年だったりします。

この『お人好し冒険者』もその一つで、こうして無事日の目を見ることに出来て良かったです！

さて、私事はこれくらいにしておいて、『お人好し冒険者』についても少し語らせて下さい。

まず今回こちらの作品のイラストを担当して下さったのは『Ｕ３５先生』。読み方は『うみこ』先生です。

恐らくこの作品を買って下さった方々は、このU35先生のイラストに目を惹かれてお手にとって下さった方も多かったはずですよね。

担当さんと一緒にイラストレーター様は誰が良いだろう、と話し合いながらX（旧Twitter）を見ていたとき、凄く目を引く綺麗な蒼色を描かれる方だと思い、自分からぜひこの方で！　とお願いしました。

快く請け負って下さり、こうして可愛らしいククルや綺麗なアリアなどに魅力的な身体を与えて下さって、本当にありがたく思います。

実はこの作品が生まれる切っ掛けになったのは、編集さんとご飯を食べながら色々と雑談をしていたときでした。

大判ライトノベルを買って下さる読者様はどんな話を求めているのかとか、男性と女性の違いとか、昔のWEB小説のことを話したりとか……。

その中で、転生系は多いけど転生者が主人公じゃない視点はあんまり見ないけど楽しそうですね、みたいな話が飛び出したので、じゃあそういうのを書いてみようかなって思ってカクヨム様で投稿してみたんですよね。

そしたら今の編集さんが読んで下さり、お声がけをして下さったので再びSQEXノベル様で出させて頂くことが決まって、書いて良かったなって思いました。

この『お人好し冒険者』は私一人ではなく、U35先生のイラスト、そしてSQEXノベルの編集様の協力によって生まれた作品で、本当に良い形で完成させることが出来ました。

たくさんの人に見て貰いたいので、もし2巻が出るとしたらぜひ続きも読んで頂けたら幸いです！

巻数が増えて世界が広がり、いずれコミカライズなども出来てまた絵になった動くククルやアリアたちが見たい！　と思いつつ、自分に出来ることはコツコツと本を書くことなので頑張ります（笑）

完全プライベートなことを少しお話すると、最近アニメをよく見るようになりました。

実は去年まであまり見てこず……。

アニメが始まったら先が気になっちゃって、原作の漫画や小説を全部買い集めて読むタイプだったんですよね。

ただこういうエンタメ業界にいてそれは駄目かなって思うようになって、色々と見始めたんですが、これは良い物でした。

まず音楽がいいですね。

オープニングやエンディングだけでなく、ちょっとしたBGMなども合わせた演出は漫画や小説にはないもので、より世界観に深く入り込めました。

あとやっぱりしっかり動くこと。

原作だと数ページ程度でさらっと終わっていたようなバトルシーンが凄い勢いで動くのを見ると、アニメの演出って凄いなって感動しました。

いつか自分の作品もアニメ化したら嬉しいなと思うようになりましたし、そういう作品作りも目指して頑張ろうと思えるようになったので、ぜひぜひ応援頂けたら幸いです！


最後に、『最強種の島』から引き続き編集を担当して下さっている鈴木様、イラストレーターのU35先生、読んで下さった読者の皆様、そしてこの作品に関わって下さった全ての皆様に、この場をお借りしてお礼をさせて頂きたいと思います。

本当にありがとうございます。

引き続き、たくさんの人たちを笑顔に出来るような優しい物語を書き続けられるよう頑張りますので、良ければこれからも応援よろしくお願い致します！

平成オワリ

SQEX ノベル
平成オワリ大ヒットシリーズ！
転生したら最強種たちが住まう島でした。
この島でスローライフを楽しみます
Illustration Noy
Author 平成オワリ
転生して無敵になったので、
最強の島民《なかま》たちと
自由を満喫中!!
大魔導士、神獣、古代龍──
「最強」だけの島で
のんびりスローライフ!?
ノベル1〜6巻
コミックス1〜4巻
好評発売中!!
漫画：山浦柊

SQEXノベル

お人好し冒険者、転生少女を拾いました
大賢者の加護付き少女とのんびり幸せに暮らします　1

著者
平成オワリ
イラストレーター
U35

2024年3月7日　初版発行

発行人
松浦克義
発行所
株式会社スクウェア・エニックス
〒160－8430
東京都新宿区新宿6－27－30　新宿イーストサイドスクエア
（お問い合わせ）スクウェア・エニックス　サポートセンター
https://sqex.to/PUB

印刷所
中央精版印刷株式会社
担当編集
鈴木優作
装幀
冨永尚弘（木村デザイン・ラボ）

本書は、カクヨムに掲載された「お人好し冒険者、転生少女を拾いました
大賢者の加護付き少女とのんびり幸せに暮らします」を加筆修正したものです。

ISBN978-4-7575-9091-5 C0093　Printed in Japan